LIEUX HANTÉS

HISTOIRES DE FANTÔMES

**PAT HANCOCK
ET
ALLAN GOULD**

Illustrations de
Andrej Krystoforski

Texte français de
France Gladu

Certains chapitres de ce livre ont paru initialement dans
Histoires à donner le frisson.

Catalogage avant publication de Bibliothèque et Archives Canada

Hancock, Pat
[Nouvelles. Extraits. Français]
Lieux hantés : histoires de fantômes / Pat Hancock, Allan Gould ; Andrej
Krystoforski, illustrateur ; France Gladu, traducteur.
Traduction de : Haunted Canada ghost stories.
ISBN 978-1-4431-2895-7 (couverture souple)
1. Histoires pour enfants canadiennes-anglaises. 2. Récits d'horreur
canadiens-anglais. 3. Histoires de fantômes canadiennes-anglaises.
I. Gladu, France, 1957-, traducteur II. Gould, Allan, 1944-, auteur
III. Krystoforski, Andrej, 1943-, illustrateur IV. Titre. V. Titre: Nouvelles.
Extraits. Français

PS8565.A5695A6 2014b   jC813'.54   C2014-901454-6

Édition publiée par les Éditions Scholastic,
604, rue King Ouest, Toronto (Ontario) M5V 1E1.

5 4 3 2 1   Imprimé au Canada 139   14 15 16 17 18

TABLE DES MATIÈRES

LE GARÇON ENDORMI

— Hé! mon film vient de s'arrêter! s'écrie une jeune femme assise à la troisième rangée.

— Le mien aussi, lance quelqu'un, derrière. Ces prises n'ont plus de courant, on dirait!

— Et moi, j'ai perdu ma page, grogne un jeune homme penché sur un ordinateur portable. Qu'est-ce qui se passe, monsieur le chauffeur? Est-ce que le réseau sans fil est en panne aussi?

— Oui, qu'arrive-t-il au WI-FI? crie un passager, du fond de l'autocar. Pouvez-vous régler ce problème?

— Mon téléphone ne marche plus!

Le chauffeur voit bien que les gens s'impatientent, mais en ce moment, il est aux prises avec un problème plus pressant que celui de la connexion Internet. Il n'arrive plus à diriger l'autocar!

Les passagers assis à l'avant sont les premiers à le remarquer. Deux hommes occupant les sièges les plus proches de la porte se mettent à se pousser du coude et à chuchoter. Dans la deuxième rangée, une femme demande à l'enfant assis près d'elle de se tenir tranquille.

Une main solidement agrippée au volant, le chauffeur met le haut-parleur en marche.

— Puis-je vous demander votre attention, s'il vous plaît?

— Rétablissez la connexion!

— Taisez-vous!

— Chuuuut, du calme.

Quand le vacarme s'est apaisé, laissant place à un faible murmure, le chauffeur reprend la parole :

— Mesdames et messieurs, je suis désolé au sujet de vos appareils, mais pour l'instant, nous faisons face à un problème plus grave.

Il tente de paraître décontracté malgré les battements affolés de son cœur. Prenant soin de dissimuler son inquiétude aux passagers, il inspire profondément avant de poursuivre :

— Le moteur semble perdre un peu de sa puissance. Rien d'inquiétant, mais je tenais à vous prévenir pour que vous ne soyez pas étonnés si je dois m'arrêter au bord de la route. Si cela se produit, je vous demanderai de bien vouloir rester à votre place et d'attendre mes directives. Pouvons-nous laisser de côté les films et les courriels pour le moment?

Le corps penché en avant, le chauffeur fixe toute son attention sur la route de montagne devant lui. Ce tronçon de quelque trente kilomètres de courbes, de virages serrés et de montées abruptes menant à la Transcanadienne est bien le dernier endroit où tomber en panne.

Au moins la route est sèche et dégagée. La dernière chute de neige remonte à deux semaines et les équipes d'entretien ont largement eu le temps d'épandre du sable et de déblayer. Même dans ces conditions idéales, l'imposant véhicule qu'est l'autobus a besoin de toute la puissance possible pour continuer à rouler. En ce moment, le chauffeur a beau appuyer sur l'accélérateur, l'autocar perd de la vitesse.

De plus, le soleil disparaît peu à peu et il n'a pas envie d'être coincé sur cette route tortueuse à la tombée de la nuit avec une vingtaine de passagers transis, affamés et furieux à bord. L'arrivée d'un bus de remplacement risque de prendre des heures… en supposant même qu'il soit possible de communiquer avec le bureau central.

C'est durant la dernière montée longue et droite que le chauffeur a constaté que l'autocar perdait de sa puissance.

À présent, le véhicule fonce de lui-même vers la voie de gauche. Le chauffeur sent son estomac se nouer pour de bon. Il lutte de toutes ses forces pour redresser le volant et rester sur la bonne voie de circulation, mais sans succès.

La panique s'empare de lui en approchant du sommet : et si un autre bus, une voiture ou un camion arrivait droit sur eux à vive allure?

Heureusement, la voie est libre. Mais alors que le véhicule amorce la descente, toujours du mauvais côté de la route, les craintes du chauffeur augmentent.

Il n'est pas le seul à avoir peur. L'un des deux hommes assis à l'avant se penche vers lui et demande à voix basse :

— Avez-vous des ennuis avec la direction?

Avant qu'il ait pu répondre, la voix d'une femme âgée s'élève à l'arrière :

— Est-ce qu'il ne serait pas temps de revenir du bon côté de la route, à présent, monsieur le chauffeur?

Les commentaires fusent.

— Voyons, chauffeur, réveillez-vous!

Le chauffeur reprend le haut-parleur.

— Je vous demande à tous un peu de silence, s'il vous plaît. Il ne sert à rien de vous énerver.

Il attend que le calme revienne avant de poursuivre :

— Écoutez, la vérité, c'est que j'ai de la difficulté à diriger ce gros animal. Pour l'instant, il n'en fait qu'à sa tête. Mais nous sommes toujours sur la route et comme vous le constatez, nous ne roulons pas à une vitesse folle, alors... Bon sang! Accrochez-vous!

L'autocar se met tout à coup à déraper. Dans un tête-à-queue qui semble durer une éternité, il glisse d'un côté de la route puis de l'autre et s'arrête enfin, faisant directement face à une petite route escarpée couverte de neige. Puis il repart, s'engage sur la petite route et se met à gravir la côte.

Un vacarme infernal ponctué de cris de terreur éclate immédiatement à l'intérieur du véhicule. Un enfant se met à pleurer. Certains adultes font de même. Une femme commence à réciter des prières.

— Ça suffit! tonne un homme vêtu d'une veste à carreaux.

Enjambant les sacs et les manteaux qui, projetés hors du compartiment à bagages, jonchent maintenant l'allée, il s'avance vers le chauffeur.

— Pour qui vous prenez-vous? Mais où avez-vous donc appris à conduire? lui lance-t-il une fois parvenu à sa hauteur.

— Regardez, monsieur! crie à son tour le chauffeur. Que voyez-vous?

Il lève les mains. Le volant continue de tourner tout seul, d'abord vers la droite, puis vers la gauche.

— Et là-dessous? poursuit-il en pointant le doigt vers ses pieds solidement posés sur le sol plutôt que sur les pédales.

— Désolé l'ami, mais ce n'est pas moi qui conduis cette bête.

Terrorisé, l'homme recule et bascule vers l'entrée de l'autocar. Il se relève prestement et se met à marteler les portes.

— Arrêtez l'autocar! Laissez-moi sortir! hurle-t-il.

— Du calme, mon vieux. J'arrêterais le véhicule si je le pouvais, croyez-moi. Je voudrais bien m'échapper moi aussi.

La désespérante nouvelle se répand telle une traînée de poudre parmi les passagers, déclenchant des cris de terreur et des pleurs. Une jeune femme quitte son siège et se dirige vers l'avant du véhicule. Elle s'accroupit sur la première marche et se met à parler d'un ton calme à l'homme en état de panique figé près de la porte. Pendant ce temps, le chauffeur reprend le micro pour s'adresser aux passagers.

— Je vous en prie, mesdames et messieurs, restez tous à votre place, supplie-t-il en faisant son possible pour paraître calme.

La dernière chose dont il a besoin, en ce moment, c'est d'un autocar rempli de passagers hystériques. Il a déjà suffisamment d'ennuis comme ça.

Il s'éclaircit la gorge, puis poursuit :

— Écoutez, je ne sais pas plus que vous ce qui se passe. Les portes ne s'ouvrent pas. Le volant est devenu incontrôlable, les freins et l'accélérateur ne répondent plus. On dirait que quelqu'un nous dirige à distance.

Avalant péniblement sa salive, il essaie de maîtriser le tremblement de sa voix.

— Je vais continuer de faire tout mon possible et je vous demande de bien vouloir m'aider en gardant votre calme. Ce n'est pas facile, je le sais. Mais si nous cédons à la panique, il risque d'y avoir des blessés. Jusqu'à présent, nous sommes tous sains et saufs. La personne – ou la chose – qui dirige cet autocar parvient au moins à le maintenir sur la route. Comme vous le voyez, nous roulons lentement et en douceur.

Un concert de cris d'horreur s'élève de nouveau lorsque le véhicule amorce une courbe en zigzaguant, puis percute un monticule blanc laissé par le chasse-neige avant de se redresser et de poursuivre sa trajectoire.

Essayant de dominer les cris, le chauffeur risque une blague en vue de détendre l'atmosphère :

— Il semblerait que cette chose ou cette personne conduise pour la première fois.

Comme personne ne rit, il poursuit sur une note plus sérieuse.

— Écoutez, je connais cette route. Nous nous dirigeons vers Silver Lake, que ça nous plaise ou non. Là-bas, il y aura quelqu'un pour nous aider. À présent, que diriez-vous de chanter? Je parie que les enfants aimeraient bien une petite chanson.

Il se racle la gorge, puis entonne d'une voix grave :

— *J'ai bien du mal à t'regarder...*

Quelques voix se joignent à la sienne sans conviction :

— *Car mes lunettes, j'ai oublié...*

Le chœur chante de plus en plus fort, jusqu'à ce que la plupart des passagers y participent.

— *Car mes lunettes, j'ai oublié.*

Pendant ce temps, l'autocar maintient le cap tant bien que mal en dérapant dans les virages, mais sans pour autant quitter la route.

Peu à peu, un calme lourd d'inquiétude s'installe parmi les passagers. Assis en silence pour la plupart, ils regardent par la fenêtre ou fixent l'arrière du siège qui se trouve devant eux.

Le chauffeur a cessé de lutter contre le cauchemar. Il garde tout de même les mains sur le volant et un pied au-dessus de la pédale de frein, au cas où les choses reviendraient à la normale.

Soudain, l'autocar effectue un virage qui laisse apparaître le village de Silver Lake. Une dizaine de bâtiments en bois se dressent sur la courte rue principale. Un centre de ski est niché au sommet d'une pente bordée d'arbres qui domine le village.

Au loin, entre les arbres, le soleil couchant se reflète à la surface d'un lac gelé. Une paix profonde se dégage de cette scène magnifique... jusqu'à ce que l'on constate qu'un énorme embouteillage immobilise complètement la circulation dans la petite rue principale.

Certains passagers se mettent à applaudir. D'autres osent à peine se réjouir alors que l'autocar remonte lentement la rue, puis s'arrête abruptement devant un petit magasin général. Le véhicule reste là, au beau milieu de la route.

— Qu'est-ce qu'il y a encore? s'exclame le chauffeur sans s'adresser à quelqu'un en particulier.

Dehors, une foule se rassemble et fait signe aux passagers de l'autocar.

Avec précaution, le chauffeur avance la main vers la manette qui contrôle le mouvement des portes. En la tirant vers lui, il constate non sans étonnement que les portes s'ouvrent avec leur grincement habituel.

Il actionne prudemment le klaxon. Son souffle puissant fait sursauter les gens qui se trouvent devant le véhicule. Il esquisse un sourire timide et leur fait un signe de la main pour s'excuser. Puis, il se lève et fait face à ses passagers.

— Eh bien, messieurs-dames, je crois que nous voici à la fin du parcours. Nous allons peut-être découvrir ce qui se passe.

Puis il ajoute après coup, d'un ton plus officiel :

— Veillez à ne rien laisser dans l'autocar. La société Clairevoie décline toute responsabilité en cas de...

Mais avant qu'il ait pu terminer sa phrase, les gens bondissent de leur siège et se ruent vers la sortie en le bousculant. Comme tout bon capitaine, il attend que le dernier passager soit descendu avant de sortir à son tour.

Une grande confusion règne à l'extérieur. Un chauffeur de camion gesticule furieusement en décrivant à la foule l'expérience qu'il vient de vivre.

— Nous étions là, absolument incapables de faire quoi que ce soit, et...

Une femme vêtue d'un ensemble de ski turquoise l'interrompt :

— Nous avons été dirigés. J'en suis certaine. Mon mari a beau dire que c'est mon imagination, mais croyez-moi, quelque chose s'est emparé de notre fourgonnette – le véhicule argenté que vous voyez là – et l'a dirigé. Il l'a conduit de l'allée de notre chalet jusqu'en bas, sur la route principale. Puis, il nous a ramenés vers le village.

— C'est ridicule! déclare en ricanant le passager portant le blouson à carreaux. Vous avez dû glisser sur une plaque de glace qui vous a donné l'impression d'être transportés dans les airs, rien de plus.

— La route était parfaitement sèche, rétorque la

femme, vexée.

— Est-ce que vous nous menez en bateau, madame? interroge un autre homme.

Un homme de grande taille et à la chevelure grise s'avance.

— Eh bien moi, j'affirme très sérieusement qu'il nous est arrivé la même chose, à ma femme et à moi. Notre voiture se trouve juste ici, dit-il.

Le chauffeur de l'autocar s'approche de l'homme.

— Je ne plaisante pas non plus, renchérit-il. En fait, nous n'avons pas été transportés, mais plutôt... poussés. C'est l'impression que j'ai eue : quelqu'un nous poussait comme si l'autocar était son jouet.

— C'est complètement dingue! Je ne reste pas ici, lance une voix.

D'autres voix approuvent.

— Moi non plus.

— Oui, allons-nous-en!

— Ne partez pas... pas tout de suite! dit une voix derrière le chauffeur.

Il fait volte-face.

— Qui a dit « ne partez pas »? demande-t-il.

— C'est moi.

Un vieil homme portant un chapeau de cuir avec cache-oreilles en fourrure se fraie un chemin parmi la foule. Sa barbe grisonnante repose sur une écharpe de laine rentrée dans le col de son parka.

— Ne partez pas tout de suite, répète-t-il. Vous n'êtes pas en sécurité. C'est certain. Il ne vous aurait pas conduits ici, autrement.

— Vous avez le cerveau gelé, vieil homme! lui crie l'un des passagers de l'autocar.

Bousculant les gens au passage, une femme s'approche

du vieillard.

— Un instant! dit-elle d'une voix ferme. On ne s'adresse pas à Émilien sur ce ton. Il connaît cette région comme le fond de sa poche. Je vous demande de le respecter. Vous voulez bien nous répéter ce que vous avez dit, Émilien?

— Il les a amenés ici. Quelque chose se trame quelque part et il les a conduits ici. Nous saurons bientôt pourquoi.

— De qui parlez-vous? demande le chauffeur.

— Oui, Émilien. De qui parles-tu? reprend la femme avec douceur.

— Du garçon.

— Quel garçon? Où?

— Le garçon endormi.

— Le garçon endormi? Mais quel garçon, Émilien?

À présent, même la femme semble manifester un certain doute.

— Le seul garçon endormi que je connais, c'est l'île qui se trouve au milieu du lac, dit-elle.

— Ouais. C'est lui, répond le vieil homme avec un signe de tête affirmatif, une pipe usée entre les dents.

La femme se tourne vers le chauffeur et lui explique :

— Il y a une petite île au milieu du lac, de ce côté, au-delà des arbres.

Elle montre une zone plongée dans l'obscurité.

— On la distingue mal maintenant que le soleil est couché et de toute façon, on dirait une énorme masse de neige en ce moment. Les premiers colons qui se sont établis près du lac ont baptisé cette île « Le garçon endormi » parce que c'est à cela qu'elle ressemblait depuis le rivage. Ce nom est resté.

Les gens racontent toutes sortes d'histoires à son sujet. Ils disent par exemple qu'il s'agit du corps d'un garçon qui s'est trouvé séparé de son père alors que tous deux allaient vérifier leurs pièges. Le garçon aurait erré durant des jours et tenté de se tenir au chaud la nuit en se recroquevillant sous la neige. Un matin, il ne se serait pas réveillé. Au printemps, à la fonte des neiges, on l'aurait retrouvé endormi au beau milieu du lac. La légende veut qu'il reste là à attendre que son père revienne et le ramène à la maison.

Pendant que la femme raconte l'histoire, le vieil homme hoche la tête. Lorsqu'elle a terminé, il reprend la parole.

— C'est bien vrai tout ça, mais parfois il se réveille.

— Oh, Émilien, ce n'est qu'une vieille histoire complètement farfelue, lui dit gentiment la femme.

Elle se tourne vers le chauffeur et explique :

— Certains racontent que le garçon se réveille de temps à autre, juste avant qu'un événement tragique ne se produise. Ils affirment qu'il veille sur ces montagnes pour s'assurer que personne ne connaisse une détresse semblable à celle qu'il a vécue.

Un autre homme avance dans la foule et se place devant elle.

— Balivernes! grogne-t-il. J'habite ici depuis presque aussi longtemps qu'Émilien et je ne crois pas un mot de tout ça. C'est n'importe quoi!

Il se tourne pour faire face à Émilien et à la femme.

— Pendant que vous y êtes, pourquoi ne pas leur raconter aussi que tous les printemps, le garçon se réveille et pousse de gros morceaux de glace sur le lac comme s'il s'agissait de petits bateaux? leur lance-t-il sur un ton sarcastique. Il y en a qui prétendent qu'il s'amuse, figurez-vous! On dit aussi qu'il fréquente les animaux – ours, blaireaux, marmottes et autres bêtes du genre. Ces animaux s'éveilleraient au printemps pour jouer avec lui, à ce qu'il paraît! Elle est bonne, celle-là, pas vrai?

La foule commence à manifester une certaine impatience et se met à rire lorsqu'un jeune homme montre Émilien du doigt et mime la folie.

— Tu as raison, mon gars, fait l'homme en ricanant.

Il se dirige d'un pas lourd vers le magasin général, ouvre la porte d'un geste brusque et disparaît à l'intérieur.

— Et le feu de forêt? interroge Émilien.

— Oh, ce n'était qu'une coïncidence, Émilien, répond la femme.

— Une coïncidence, dis-tu? Pas un nuage dans le ciel. Des gens prêts à partir parce que le feu faisait rage aux portes de la ville. Et puis tout à coup, un déluge! Juste sur le feu et nulle part ailleurs!

— Mais ça s'est passé il y a soixante-dix ans, Émilien. Au fil des ans, les gens ont exagéré l'histoire.

— Peut-être bien, mais moi, j'étais là. Je l'ai vu de mes propres yeux. Et le pont du train, alors? J'étais présent aussi.

— Qu'est-il arrivé au pont du train? demande le chauffeur.

— Il s'est effondré. Tout au fond de la gorge. Mais le train qui était censé se trouver sur le pont à ce moment-là est resté intact. Le garçon l'a arrêté juste avant le pont, puis il l'a repoussé dans la courbe et jusqu'à la gare. Personne n'a été blessé. Le garçon y a veillé.

La femme semble déconcertée.

— L'ancêtre a perdu la boule, murmure quelqu'un.

Le vieil homme se tourne lentement afin de regarder dans les yeux la personne qui vient de prononcer ces mots.

— Peut-être, peut-être. Mais à votre place, je ne partirais pas tout de suite. Vous êtes en sécurité ici, vous verrez.

À ce moment précis, ils entendent un grondement lointain, qui s'amplifie petit à petit jusqu'à éclater en un rugissement assourdissant. Le sol vibre sous leurs pieds.

— Une avalanche! hurle quelqu'un.

Les gens restent debout à observer, sidérés, l'énorme nuage

blanc qui, sous le ciel noir, se déploie et prend la forme d'un champignon au-dessus des arbres.

Le rugissement se mue enfin en un écho lointain, mais la foule demeure figée dans un silence étonné.

La propriétaire de la fourgonnette est la première à retrouver la parole.

— C'était tout près de notre chalet, dit-elle d'une voix émue.

— Et du côté de la route, ajoute le chauffeur.

— Merci, garçon, dit le vieil homme en regardant le ciel rempli d'étoiles.

Puis, tournant le dos aux gens, il s'éloigne.

La foule s'ouvre devant lui pour le laisser passer. Les gens lèvent à leur tour les yeux vers le ciel. Sans doute sont-ils nombreux à remercier intérieurement le garçon endormi de Silver Lake.

LES YEUX D'OR

Lorsque ses parents lui ont offert un cheval à l'occasion de son treizième anniversaire, Marina est restée sans voix.

— Il... il est à moi toute seule? a-t-elle balbutié, croyant rêver.

— Comment vas-tu l'appeler? lui a demandé son père.

— Sam, s'est-elle empressée de répondre, certaine que le cheval rouan fauve serait le plus fidèle des compagnons, tout comme Sam et Frodon, dans le Seigneur des anneaux. Nous irons partout ensemble! a-t-elle ajouté avec enthousiasme.

En effet, dès qu'elle l'a pu, Marina s'est mise en selle. Elle est partie avec Sam revoir les endroits où l'emmenait son père lorsqu'il lui apprenait à monter.

Un jour, leur promenade les a menés à Duck Lake. Une autre fois, ils se sont même rendus jusqu'à Dead Man's Hill.

Aujourd'hui, Marina et Sam prennent la direction des badlands. La fillette désire observer de près les cheminées de fées, ces fantastiques formations rocheuses stratifiées qui se dressent telles des colonnes au cœur du paysage lunaire des landes.

Elle a dû déployer toute son éloquence pour convaincre ses parents, inquiets de la voir s'éloigner autant de la maison.

— Et s'il t'arrivait quelque chose et que tu avais besoin d'aide? Cette région est presque déserte, a dit sa mère.

— Sans compter qu'il est facile de se perdre dans ces ravins, a renchéri son père. On peut tourner en rond et ne jamais trouver la sortie.

Ils ont fini par céder. Mais Marina a dû leur assurer que Sam n'oubliait jamais le chemin du retour et promettre d'apporter un surplus de nourriture et d'eau ainsi qu'une boussole au cas où elle s'égarerait.

Le soleil est déjà haut dans le ciel lorsque Marina et Sam arrivent en bordure des badlands. L'herbe s'est peu à peu raréfiée et il leur faut au moins dix minutes pour choisir la direction à prendre parmi les ravins arides qu'ont creusés les glaciers dans les prairies en se retirant.

Il fait chaud et Sam a besoin de faire une pause... tout comme Marina. Un bosquet de trembles filiformes s'accroche sur la rive d'un vieux ruisseau presque tari et laisse entrevoir la perspective d'un coin d'ombre et d'un point d'eau pour le cheval.

Marina attache Sam de manière à lui permettre d'atteindre le creux du ruisseau, plonge la main à l'intérieur de sa sacoche et en sort un sandwich. Puis, elle s'assoit dans le filet d'ombre que projette l'un des arbres.

En mangeant sans se presser, elle laisse vagabonder son imagination et rêve aux aventures exaltantes que ce paysage étrange et austère leur réserve peut-être.

Sam est le premier à remarquer que le temps se gâte. Ses hennissements tirent instantanément Marina de sa rêverie. Elle lève les yeux. Le cheval tourne la tête vers elle, puis la regarde. Elle distingue à l'horizon ce qui l'inquiète. D'épais nuages noirs venant de l'ouest s'approchent et les frêles tiges des trembles commencent à s'agiter au rythme d'une brise de plus en plus forte.

La fillette se relève, balaie de la main les brindilles collées à ses vêtements, puis s'avance vers son cheval.

— Tout va bien, murmure-t-elle en frottant affectueusement

le museau velouté de l'animal.

Elle extirpe son blouson de la sacoche. « Tu seras contente de l'avoir si le temps change », dit sa mère chaque fois qu'elle rappelle à Marina de l'emporter. En montant la fermeture de son blouson, la jeune fille constate que le vent gagne en intensité. Quelques secondes plus tard, le soleil disparaît derrière les nuages et l'écho des premiers coups de tonnerre retentit au loin, suivi d'un éclair.

Marina examine le ciel menaçant et grimace. De toute évidence, elle doit se préparer à recevoir une véritable douche... à moins qu'elle trouve rapidement un abri. Il est hors de question de s'aventurer plus à l'ouest. Elle se dirigerait droit vers la tempête et s'enfoncerait plus profondément dans les badlands. L'endroit offre peu d'abris. Non, mieux vaut rentrer à la maison.

Mais elle doit avant tout s'éloigner de ces arbres. Agités par de puissantes bourrasques, ils semblent sur le point de se casser et d'être projetés sur le sol. De plus, ils pourraient attirer la foudre.

Marina saute sur le dos de Sam, consulte sa boussole et le dirige dans la direction d'où ils sont venus.

Le cheval avance sans sourciller à un rythme régulier, même lorsqu'un éclair éblouissant fend le ciel juste devant eux et dessine un chemin tortueux jusqu'au sol. Peu après, les premières grosses gouttes de pluie viennent s'écraser sur le blouson de Marina.

La cavalière a beau enfoncer son chapeau et remonter le col de son blouson, elle n'arrive pas à empêcher l'eau froide de couler le long de son cou et de tremper son tee-shirt.

Elle tente d'orienter Sam dans la bonne direction, mais finit par y renoncer. La pluie est maintenant si intense qu'on ne distingue plus rien au-delà de quelques mètres.

Marina va devoir faire confiance à Sam en espérant qu'ils arriveront à trouver de l'aide. Elle se penche, caresse l'encolure du cheval et le laisse choisir la direction à prendre.

Sam suit lentement son parcours le long de ce qui ressemble au fond rocheux d'un ravin peu profond, lorsque Marina croit apercevoir quelque chose. Plissant les yeux afin de mieux percer le rideau de pluie, elle attend le prochain éclair pour s'en assurer. Oui, c'est là, sur la gauche : les contours d'une remise ou d'une cabane.

— Allez, mon vieux, dit-elle à Sam en lui tapotant l'épaule.

Mais loin de hâter le pas, le cheval se met à ralentir. Marina serre les talons contre les flancs de l'animal, qui continue d'avancer lentement. Alors qu'ils s'approchent du petit bâtiment, Sam s'arrête complètement, refusant d'aller plus loin.

La pluie tombe à présent avec un peu moins d'intensité. Marina parvient à voir plus nettement ce qui se trouve devant elle. Peu de chose, en fait. Il ne reste que deux murs et une cheminée de ce qui fût autrefois une modeste maison. Ces vestiges carbonisés et détrempés luisent dans la lumière glauque de la tempête.

— Nous ne pourrons pas nous abriter ici, Sam, dit Marina. Allons-nous-en.

C'est alors qu'elle l'aperçoit, juste devant la cabane calcinée. Grande et mince, elle semble lui faire signe de la main. Marina s'essuie les yeux, puis regarde de nouveau. Elle est toujours là.

Mais que peut bien faire cette fille seule dans ce coin perdu? Aurait-elle besoin d'aide? Marina tente de faire avancer Sam, mais il refuse de bouger.

Après bien des efforts, elle parvient à lui faire faire quelques pas. Mais alors qu'ils s'approchent, le cheval tente soudain de s'emballer.

— Du calme, mon vieux, du calme, dit la cavalière d'une

voix rassurante en tenant fermement les rênes.

Maintenant que Marina se trouve plus près de l'inconnue, elle se réjouit d'avoir décidé de lui venir en aide. D'une pâleur cadavérique, elle semble avoir à peu près son âge. Ses longs cheveux foncés lui collent au visage et ses vêtements – un chemisier jaune et un jean – sont complètement trempés. Mais le plus frappant est son regard : malgré la lumière blafarde, Marina constate que ses yeux sont dorés.

C'est la première fois qu'elle rencontre une personne aux yeux d'une telle couleur. Et plus encore, Marina a l'impression qu'ils la transpercent.

— Ça va? interroge-t-elle nerveusement.

Rien de mieux ne lui vient à l'esprit.

L'étrangère fait un signe de tête affirmatif et esquisse un geste.

— Tu veux monter?

Nouveau signe de tête affirmatif de l'étrangère.

Sa réponse s'accompagne d'un autre roulement de tonnerre, mais plus lointain, cette fois. Elle sursaute malgré tout, les yeux remplis de crainte.

— D'accord. Approche, dit Marina en se penchant pour l'aider.

L'inconnue saisit la main que lui tend la cavalière et se hisse derrière elle. Marina ne s'inquiète pas pour Sam : la nouvelle passagère est étonnamment légère malgré ses vêtements trempés. Marina a pourtant l'impression que son cheval tremble un peu lorsque celle-ci s'installe sur son dos.

Que faire maintenant? se demande Marina. *Je ne sais pas très bien comment sortir d'ici, et apparemment, elle ne le sait pas non plus.*

Comme si elle lisait dans ses pensées, l'inconnue lui tapote le bras et pointe l'index vers la droite. Plissant les yeux pour s'orienter sous la pluie, Marina croit distinguer un étroit sentier qui serpente en montant hors du ravin.

— Tu veux que j'aille de ce côté?

Elle sent le signe de tête affirmatif contre son épaule.

— Bon, tu n'es pas obligée de parler, mais je m'appelle Marina Robin. Je veux seulement que tu saches. Agrippe-toi.

Cette fois, Marina n'a pas à insister. À son commandement, Sam s'engage dans le sentier.

Petit à petit, la pluie se transforme en une bruine légère, puis cesse enfin. Derrière les voyageuses, le soleil couchant filtre à travers les nuages et jette une lumière ardente sur la campagne détrempée.

— Ciel rouge de nuit, marin réjoui, dit Marina en se sentant un peu ridicule alors qu'elle tente à nouveau de faire la conversation.

Elle poursuit :

— Je sais au moins que nous allons vers l'est. C'est de ce côté que j'habite. Tu habites dans cette direction toi aussi?

Cette fois encore, elle sent un léger signe de tête affirmatif contre son épaule... ainsi qu'un souffle délicat sur sa nuque. Mais cette présence ne lui est d'aucun réconfort. En fait, elle lui donne même un peu froid dans le dos.

À présent que ses vêtements commencent à sécher, Marina constate que ce n'est pas l'air du soir, mais bien l'étrange souffle de la passagère qui lui paraît si glacial. Ce constat lui donne immédiatement la chair de poule : un frisson parcourt ses épaules humides et descend le long de son dos.

Elle résiste à l'envie de remonter le col de son blouson. Elle ne tient pas à mécontenter sa mystérieuse passagère. Cette situation lui semble déjà suffisamment bizarre. Tout ce qu'elle souhaite à présent, c'est arriver chez l'inconnue – ou quelque part – et appeler à la maison.

La maison. Cette pensée lui réchauffe un peu le cœur. La maison et une assiette d'œufs, de bacon et de pommes de terre rissolées. La maison et un lit bien douillet avec une couverture moelleuse. Maison, maison, maison. Sa tête se met tranquillement à osciller au rythme des pas de Sam. La dernière image qu'elle entrevoit avant de sombrer dans le sommeil est celle d'une main fine et glacée passant au-dessus de la sienne pour saisir les rennes qu'elle s'apprête à laisser échapper.

Plus tard, bien plus tard, des pas dans le gravier et le clignotement rougeoyant d'un gyrophare la réveillent. Sam attend sans manifester d'impatience au bord d'une route goudronnée. Étonnamment, Marina est encore en selle.

— C'est toi, Marina? lance une voix.

Elle se tourne dans la direction de la voix, mais les phares d'une voiture l'aveuglent. Deux mains robustes se tendent vers elle pour l'aider à descendre du cheval.

— Monsieur Kovalski, chuchote-t-elle d'une voix rauque tandis que ses yeux s'adaptent peu à peu à la lumière. Je suis bien contente de vous voir!

— Moi aussi, mais maintenant, nous devons vite te ramener chez toi. Nous sommes chez Roy. Attache ton cheval à sa clôture. Je vais l'appeler et lui demander de le mettre dans sa grange pour la nuit. Tes parents reviendront le chercher demain matin avec la remorque.

— Mes parents! s'écrie Marina. Il faut que je les appelle tout de suite!

— Ne t'inquiète pas, jeune fille, dit M. Kovalski, le policier.

Il tire sur les rennes de Sam pour s'assurer que Marina l'a solidement attaché.

— Je vais communiquer avec le commissariat par radio et le répartiteur va leur téléphoner. Ils sont inquiets. Cette tempête étrange a provoqué des tas d'inondations subites dans les badlands et ils nous ont dit que tu étais partie de ce côté. Le sergent et Bill sont là-bas avec le véhicule à quatre roues motrices pour essayer de te retrouver.

— Désolée, dit timidement Marina. Je ne savais pas qu'une tempête pouvait frapper aussi rapidement.

— Il n'y a pas de mal, dit M. Kovalski en ouvrant pour elle la porte arrière de la voiture.

Marina pense soudain à l'inconnue :

— Attendez! Où est-elle?

— Qui?

— La fille qui se trouvait sur le cheval avec moi. Celle qui m'a indiqué le chemin du retour.

— Il n'y avait pas de fille lorsque je t'ai trouvée, dit M. Kovalski en claquant la porte de la voiture.

— Mais, vous allez devoir la chercher elle aussi, dit Marina. Elle est peut-être tombée du cheval pendant que je dormais. Je n'en reviens pas d'avoir fait une chose pareille. Je n'arrivais plus à garder les yeux ouverts.

— Nous n'avons pas vu la moindre trace de la présence d'une autre fille et aucune disparition ne nous a été signalée, à part la tienne, bien sûr, dit le policier.

Il met le véhicule en marche avant de poursuivre :

— Rien ne nous empêche de circuler un peu le long de la route pour voir si on trouve quelque chose. Peux-tu me la décrire?

— Eh bien, elle a à peu près mon âge, peut-être un peu plus jeune. Elle a de longs cheveux bruns et des yeux dorés.

M. Kovalski se raidit. Il se tourne vers Marina.

— Des yeux dorés? Quoi d'autre?

— Euh... elle est vraiment maigre et elle porte un chemisier jaune et un jean. Et elle se tenait là, sous la pluie battante, venue de nulle part. Enfin, on aurait dit qu'elle venait de nulle part. Il y avait une vieille cabane, mais elle semblait avoir été détruite par le feu. Il ne restait plus que la cheminée et deux pans de murs. Pourquoi? Vous la connaissez?

Le policier affiche un air perplexe.

— À peu près ton âge, dis-tu. Tu en es sûre?

— Peut-être un peu plus jeune. Pourquoi? demande de nouveau Marina.

— Oh, les yeux dorés... dit M. Kovalski d'une voix hésitante. Ça me rappelle Sarah Jackson. Mais c'est une affaire qui remonte à au moins dix ans. Elle serait âgée d'une vingtaine d'années, à présent. Si elle a survécu. Donc, ça ne peut pas être elle. J'ai été dérouté un moment par la couleur des yeux. Je n'avais jamais entendu parler de qui que ce soit ayant des yeux dorés avant Sarah. Et maintenant que j'y pense, pas depuis non plus.

Marina hésite avant de demander :

— Que lui est-il arrivé?

— Elle a disparu. Elle a pris le chemin des badlands et il y a eu une inondation subite, ce jour-là aussi. Une fois la tempête passée, nous l'avons cherchée, mais n'avons jamais retrouvé sa trace. Ces inondations subites jouent parfois de vilains tours quand elles dévalent les ravins sans prévenir. Nous supposons qu'elle a été emportée. Ses ossements sont sans doute encore là, quelque part.

Assise en silence dans la voiture qui poursuit sa route, Marina a la gorge nouée. Le récit de M. Kovalski lui a coupé le souffle.

— Par la suite, ses parents ont déménagé à High River, continue le policier. Leur maison est restée vide et personne n'a voulu l'acheter. Le coin n'est pas très accueillant, juste à la limite des badlands. Elle a brûlé quelques années plus tard.

Kovalski regarde Marina, puis hausse les épaules.

— L'histoire finit comme ça.

Il allonge le bras et met le microphone en marche.

— Je vais appeler le sergent et Bill. Ils sont là-bas depuis des heures.

Alors que la radio laisse échapper un bruit de friture, Marina reste figée par l'étonnement, grelottant malgré l'air tiède que dégage la chaufferette.

— Écoute, Bill, j'ai retrouvé la fille des Robin. Elle était saine et sauve sur la route près de chez Roy, dit M. Kovalski.

— Bonne nouvelle. Le sergent et moi allons rentrer.

— Je vous retrouve au poste. À quoi ça ressemble, là-bas? Beaucoup de dommages?

Marina entend la voix de Bill s'élever au-dessus des grésillements :

— Non, pas vraiment. Les seuls dommages apparents, ce sont les ruines de la vieille maison des Jackson. Pas une grande perte. On dirait que l'inondation a directement traversé à cet endroit-là et qu'elle a tout emporté avec elle. Plus un arbre, plus un buisson en vue et les ruines ont été complètement balayées. Tout est parti. Heureusement que la fille des Robin n'était pas dans les parages, parce qu'elle aurait disparu elle aussi.

UN JEU D'ENFANT

La vie d'Alex Filmore se résume à deux mots : jeux vidéo. Alex consacre tout son temps libre à son nouvel appareil, le DRX7. De ce fait, il n'y a rien d'étonnant à voir figurer un gros 43 rouge en haut de la feuille de son test de mathématiques.

La veille du test, alors qu'il était censé étudier, Alex avait décidé de faire juste une petite partie. Évidemment, une deuxième partie avait suivi, puis une troisième, et une autre encore et tout à coup, il était temps d'aller se coucher. La soirée avait filé entre ses doigts, gobée par le monstre électronique.

Le voilà maintenant qui traverse la cour d'école en se demandant ce qu'il va bien pouvoir faire. Comme M. Dion l'a gardé après la classe pour « une petite conversation » à propos des résultats de son test, il ne reste plus personne sur le terrain de jeu. Mais ça vaut mieux, finalement. Alex n'est pas vraiment d'humeur à bavarder avec qui que ce soit.

Il se dirige vers le gros arbre qui se dresse, solitaire, en bordure du terrain de baseball et se laisse glisser le long du tronc. Depuis quelque temps, il lui arrive souvent de venir se réfugier ici. C'est l'endroit parfait pour jouer aux jeux vidéo. Personne ne vient l'importuner.

Alex saisit son sac à dos et glisse la main sous son manuel de mathématiques pour trouver son DRX7. Quelques minutes plus tard, le voilà plongé dans l'univers du jeu. Une équipe de baseball tout entière pourrait passer au pas de course devant lui qu'il ne la remarquerait pas.

Lorsqu'une voix vient perturber sa concentration, son cœur bondit. Il n'avait entendu personne arriver.

Alex fixe un instant le garçon qui s'est accroupi à ses côtés et qui observe attentivement le petit écran du jeu vidéo. Il s'agit bien sûr d'un enfant, mais son visage semble aussi flétri et ridé que celui d'un vieil homme.

— Qu'est-ce que tu as dit? demande Alex, qui a peine à détacher son regard de cet étrange visage.

— J'ai dit : est-ce qu'il faut vraiment que tu sautes sur tous ces gars?

— Ah oui. Il le faut. On obtient plus de points.

— Et c'est difficile?

— Bof, il suffit de s'habituer. Plus on joue, meilleur on devient.

— Je comprends. C'est comme les maths, alors, dit le garçon en montrant du doigt le manuel.

Alex le dévisage encore une fois. Non seulement ce gamin a l'air vieux, mais il pense aussi comme les vieux! Il doit bien être le seul enfant sur Terre qui croit que les jeux vidéo ressemblent aux maths.

— Bien sûr que non, dit Alex. Rien à voir avec les maths. Ça, au moins, c'est amusant.

— J'ai toujours trouvé les maths amusantes.

— Qu'est-ce que tu racontes? C'est nul, les maths!

Tout en parlant, Alex éteint le jeu et démarre *Tetris*.

— Tu t'appelles comment? demande-t-il en commençant à jouer.

— Ben.

— Ben comment?

— Ben Farber. Et toi?

— Alexandre Filmore. Mais appelle-moi Alex. Il n'y a que ma mère qui m'appelle Alexandre.

— Je sais ce que tu veux dire. Ma mère m'appelait Benjamin.

— Elle ne t'appelle plus comme ça? Comment as-tu fait pour la convaincre d'arrêter?

— Euh... elle a arrêté. C'est tout. Tu sais, tu as beaucoup de chance d'avoir un jeu comme celui-là. Il semble génial!

— Il est vraiment génial. Il me semble que je ne t'ai jamais vu dans les parages. Tu es nouveau?

— Non. Moi, je t'ai déjà vu.

— Ah, mais tu ne vas pas à cette école, alors.

— Non, je ne vais pas à cette école.

Alex se concentre à fond, maintenant. Les formes tombent rapidement et il doit vite les placer dans la bonne case. Il n'entend pas ce que Ben vient de lui dire.

— Désolé. Qu'est-ce que tu as dit?

— Je te demandais si tu voudrais me laisser essayer, dit Ben d'une voix timide.

Alex jette un coup d'œil à sa montre.

— Oups, dit-il. Pas aujourd'hui, en tout cas. Il faut que je rentre.

Il éteint le jeu et rassemble ses affaires.

— Et d'ailleurs, dans une semaine je ne pourrai probablement plus jouer moi-même.

— Qu'est-ce que tu veux dire? demande Ben.

— Eh bien, monsieur Dion mon prof de maths dit qu'il va prévenir mes parents si j'échoue au prochain test.

— Mais quel rapport avec ton jeu?

— Quel rapport? Si mon père et ma mère apprennent que j'ai échoué à des tests, ils vont me le confisquer. Ils m'ont assuré qu'ils le feraient et ils ne rigolaient pas.

— Oh! dit Ben en fronçant les sourcils.

Puis son visage s'éclaire.

— Hé, j'ai une bonne idée. Suppose que tu réussisses ton prochain test...

— Tu peux toujours rêver!

— Mais suppose quand même. Tu pourrais garder ton jeu un peu plus longtemps au moins, pas vrai?

— Ouais. Jusqu'à ce que j'échoue au test suivant, en

tout cas.

— Mais tu n'échoueras pas à d'autres tests. Pas si tu t'exerces. Faire des maths, c'est comme jouer aux jeux vidéo, je te dis. Une fois que tu as saisi, il te suffit de t'exercer pour devenir meilleur. J'étais assez fort, en maths. En quelle année es-tu?

— En sixième.

— Parfait. Je suis allé plus loin que ça, dit Ben.

« J'espère bien, se dit Alex. Il a l'air suffisamment vieux pour être un prof. Mais il est vraiment petit pour son âge. »

Ben poursuit :

— Il est quand ton prochain test?

— Lundi.

— Très bien. Je te propose un marché : je t'aide tout le reste de la semaine à préparer ton test de maths. Et si tu obtiens une meilleure note, tu me laisses essayer ton jeu, mais seulement pour une soirée. Qu'est-ce que tu en dis?

— Toute une soirée?

Alex ne peut pas imaginer prêter son jeu durant plus de cinq minutes.

— Oui, mais dis-toi que si tu échoues, tu risques de le perdre pour toujours. Et j'aimerais vraiment pouvoir jouer à certains de ces jeux, surtout le dernier. Ils n'existaient pas quand je... je veux dire là où je vivais.

— Sans blague! Mais tu vivais où? Sur la Lune?

— À peu près. Alors, que penses-tu de ma proposition? Marché conclu?

Alex marque une légère hésitation, puis hausse les épaules.

— D'accord. Qu'est-ce qu'on fait? Tu veux qu'on s'installe chez moi, ou préfères-tu que je passe chez toi?

Ben semble pris au dépourvu.

— Oh... Et si nous nous retrouvions ici, tous les jours après l'école? Derrière cet arbre? Tu es le seul à venir ici, et...

— Comment le sais-tu? interrompt brusquement Alex.

Il se dit que ce n'est peut-être pas une bonne idée, finalement. Après tout, il ne connaît même pas ce garçon, qui semble en plus l'avoir espionné.

— Oh, euh... je t'ai vu ici à quelques reprises, c'est tout. Je ne viens pas à cette école, mais j'aimerais bien, pourtant.

— Et qu'est-ce qui t'en empêche?

Cette fois encore, Ben paraît surpris par la question. Puis il répond :

— Mes parents ont dû déménager ici, et comme l'année scolaire avait déjà commencé, ma mère a décidé de me faire l'école à la maison.

Il s'arrête, semblant se rappeler quelque chose, et ajoute :

— Elle était enseignante. C'est le métier que je voulais faire, moi aussi.

— Pas d'école? Ce doit être génial!

— Ça ne l'était... ne l'est pas. C'est même très ennuyant, en fait.

— Oui, je suppose, dit Alex. Je n'avais jamais réfléchi à ça.

— Alors, dit Ben tout à coup, pour en revenir aux maths, pourquoi ne pas commencer tout de suite, puisque tu as tes manuels?

— D'accord, dit Alex à contrecœur. Mais ce sera une perte de temps, tu vas voir.

Une heure plus tard, il a changé d'avis. Ben est patient et il arrive vraiment à trouver de chouettes exemples. Les décimales font soudain partie de son argent de poche et les fractions deviennent des points dans un de ses jeux. Lorsqu'il consulte sa montre et constate qu'il est presque l'heure du souper, Alex est bien étonné.

— Il faut vraiment que j'y aille, dit-il en remettant ses

manuels dans son sac.

— On se retrouve ici à la même heure demain? demande Ben d'une voix qui laisse percer une note d'espoir.

— Absolument. C'est toi qui perds ton temps, après tout, dit Alex en s'éloignant vers la cour d'école.

Une fois parvenu à la clôture, il se retourne et crie :

— Hé, merci!

Mais il ne voit Ben nulle part.

Le lendemain après-midi, Alex doit aider à placer les chaises pour la réunion parents-enseignants. Il est presque quatre heures lorsqu'il prend la direction du vieil arbre en espérant que Ben s'y trouve toujours. Ce n'est qu'en approchant de l'arbre pour regarder derrière qu'il l'aperçoit. Les bras autour de ses jambes pliées, Ben est assis et observe avec de grands yeux des enfants qui jouent au disque volant dans le parc, de l'autre côté de la rue.

— Salut Alex, dit-il sans lever la tête, puis se tourne vers lui en souriant. Alors, notre marché tient toujours?

— Sans doute. Mais c'est toi qui y perds, Ben.

— C'est bien ce que nous verrons, dit Ben en continuant de sourire.

Cette fois encore, il guide Alex dans l'univers des multiplications, des divisions, des numérateurs et des dénominateurs.

Les deux garçons se retrouvent de nouveau le mercredi et le jeudi. Le vendredi, Alex commence à croire que réussir un test de maths n'est pas seulement un rêve.

— Tu vois, dit Ben lorsqu'ils terminent la leçon, ce n'est vraiment pas si terrible, hein?

Alex admet de mauvaise grâce que la tâche était moins ardue qu'il ne croyait.

— Mais tu devrais essayer de répondre encore une fois à ces

dernières questions en fin de semaine, lui recommande Ben. Ne regarde pas les réponses tant que tu n'as pas terminé. Le test a lieu lundi matin, n'est-ce pas? Quand recevras-tu ta copie corrigée?

— En fait, M. Dion est censé corriger la mienne tout de suite. Si j'échoue, ce qui va sans doute arriver, il a dit qu'il téléphonerait à mes parents lundi soir.

— Ça n'arrivera sûrement pas. Tu connais ta matière, à présent. Et tu me prêteras ton jeu lundi soir?

— Bien sûr. Un marché est un marché. Je te le remettrai lundi après l'école. Mais rien que pour un soir, hein?

Ben est rayonnant.

— Un soir, dit-il. C'est tout.

En voyant le visage réjoui de Ben, Alex a une idée.

— Hé! dit-il en rangeant ses manuels, tous les vendredis soir, chez nous, on mange des tacos. Tu veux venir souper à la maison? Mes parents seront d'accord. Ils en préparent toujours des quantités, et...

Il s'arrête. Le sourire de Ben a disparu et, l'espace d'un instant, il semble sur le point d'éclater en sanglots. Il répond néanmoins d'un ton léger :

— Non, ce ne sera pas possible, mais merci pour l'invitation. Et ne t'en fais pas pour lundi. Tu vas réussir, Alex. J'en suis certain.

— Évidemment, dit Alex avec ironie. À bientôt! lance-t-il en prenant au pas de course la direction de l'avenue du Parc.

— Adieu, Alex, répond Ben à voix basse.

— Qu'est-ce que tu as dit? lui crie Alex.

— J'ai dit : bonne chance! crie Ben à son tour.

— Merci! hurle encore Alex. J'en aurai besoin.

Il passe la plus grande partie de la fin de semaine plongé dans ses manuels, celui de mathématiques bien sûr, mais aussi ceux d'études sociales et de français. Il constate avec étonnement qu'il a beaucoup de rattrapage à faire.

Le dimanche soir, après le souper, il se replonge dans ses maths. Lorsqu'il arrive à une question qu'il n'est pas sûr de bien comprendre, la dernière et la plus difficile, il descend demander de l'aide. Ses parents se trouvent dans le séjour.

— J'aurais besoin d'un coup de main...

Il s'installe sur le canapé entre son père et sa mère et leur montre la question.

Son père se met à gribouiller des chiffres.

— Papa, pourrais-tu écrire les pourcentages en fractions dès le début? C'est ce que fait Ben et ça me semble plus facile.

— Qui est Ben? demande sa mère.

— C'est le garçon qui m'a aidé en maths.

— Il me semble que tu n'as jamais parlé d'un Benjamin, auparavant.

— Ben, maman, Ben. Et je n'en ai jamais parlé, c'est vrai. C'est juste un gars que j'ai rencontré après l'école.

— Ah bon? Quel est son nom de famille? Quel âge a-t-il? Où est-ce qu'il habite? Est-ce qu'il fréquente ton école?

Alex constate que le système « d'alerte aux étrangers » de sa mère vient de s'enclencher.

— Maman, tout va bien. C'est un enfant et il est vraiment brillant. Il s'appelle Farber. Ben Farber. Il ne va pas à mon école. Et je ne lui ai jamais demandé son âge parce que je ne voulais pas le mettre mal à l'aise.

— Qu'est-ce que tu veux dire? interroge son père.

Il a cessé d'écrire et écoute à présent avec intérêt.

— Eh bien, il est un peu plus petit que moi et il agit comme un enfant, mais il a l'air plutôt vieux. C'est difficile à expliquer.

— Comment dis-tu qu'il s'appelle? demande son père, l'air soucieux.

— Ben Farber.

— Tu ne devrais pas faire de blagues au sujet de Ben, dit sa mère d'un ton de reproche. Et d'ailleurs, comment as-tu entendu parler de lui?

— Mais qu'est-ce que tu dis, maman? Je ne blague pas!

— Très bien. Est-ce que tu n'aurais pas inventé cette histoire d'aide aux devoirs juste pour nous impressionner? Pour qu'on ne te confisque pas ton jeu vidéo, ou un truc du genre?

Alex est perplexe. Il a l'impression de s'être attiré des ennuis, mais il ne sait absolument pas pourquoi.

— Il a peut-être tout simplement mentionné ce nom par hasard, dit son père à sa mère.

— Oui, mais comment expliques-tu ce qu'il a dit sur son apparence? rétorque-t-elle d'un air tendu.

— Hé, je suis là! Vous pouvez me parler. Expliquez-moi ce qui se passe! Puisque je vous dis que Ben est juste un garçon que j'ai rencontré. Et il a l'air bien plus vieux que son âge, un point c'est tout! Quelques rides comme celles de grand-papa, mais qu'est-ce que ça peut faire?

— Ne sois pas ridicule, dit sèchement son père. Revenons plutôt à ce problème.

Mais Alex n'est pas prêt à laisser tomber. Il se passe quelque chose d'étrange.

— Non, attends. Je veux savoir ce qui ne va pas! insiste-t-il.

— Tout va bien, dit sa mère. C'est seulement que lorsque nous étions enfants, un garçon du nom de Benjamin Farber a emménagé ici, dans le quartier. Sa famille voulait se rapprocher du centre médical parce que Ben avait besoin de beaucoup de soins spéciaux, à ce moment-là.

— À ce moment-là? Qu'est-ce qu'il avait?

— Eh bien, nous ne l'avons jamais rencontré. Ce sont nos parents qui nous en ont parlé.

— Oui, poursuit le père d'Alex. Il avait une maladie très grave – et très rare – qui provoque le vieillissement du corps en quelques années seulement. Au moment où ils ont emménagé ici, Ben était déjà trop faible pour pouvoir fréquenter l'école. Mais apparemment, il aurait vraiment voulu y aller. Il n'était qu'un enfant. Il aurait voulu faire les mêmes choses que les autres.

— Il est mort environ six mois après leur arrivée, ajoute sa mère. C'était d'une telle tristesse! Ses parents ont déménagé peu de temps après les funérailles. Alors, tu comprends maintenant pourquoi nous étions si surpris par ce que tu nous as dit?

Alex est abasourdi. Il se dit que tout ça est complètement dingue.

— Oublie cette histoire, lui dit son père. Ce n'est qu'une coïncidence. Si nous revenions aux maths?

Alex demeure silencieux pendant que son père termine l'explication du problème, mais il n'est plus très attentif. Aussitôt qu'il le peut, il file dans sa chambre.

En se glissant entre ses draps, il se dit qu'il doit bien exister une explication. Il le faut!

Le lendemain matin, en arrivant à l'école, il est parvenu à se convaincre que son père a raison : tout ça n'est qu'une coïncidence.

Alex s'étonne d'être parmi les premiers à terminer le test de maths. Il constate également avec surprise qu'il a au moins essayé de répondre à chacune des questions. C'est la première fois qu'une chose pareille lui arrive! Mais une fois le test terminé, le reste de la journée semble durer une éternité.

Lorsque M. Dion laisse enfin les élèves sortir, il demande à Alex de rester quelques minutes. Alex sent son cœur battre à tout rompre en attendant le verdict du professeur.

— Comment y es-tu arrivé, Alex? Toutes mes félicitations,

dit M. Dion en lui tendant le test corrigé.

En haut de la page, à côté d'un bonhomme sourire, figure un gros 81 en bleu.

— Je crois que tu as finalement saisi les bases, Alex. Si tu continues sur cette lancée, tes notes seront bien meilleures dans ton prochain bulletin.

Alex remercie M. Dion et sort de la salle stupéfait. D'un pas lent, il quitte la cour d'école et s'approche du gros arbre, qu'il observe un long moment. Ben n'est pas là.

Alex a la tête qui tourne. « Si Ben est le Ben dont mes parents m'ont parlé, se dit-il, je viens de passer quatre jours à étudier les maths avec un fantôme. Mais c'est impossible... Non? Et même si c'était possible, comment un fantôme pourrait-il jouer aux jeux vidéo? De toute manière, il n'est même pas là. Je serais stupide de laisser mon DRX7 ici. Quelqu'un pourrait le voler et je ne le reverrai plus. »

Il s'empresse de tourner le dos à l'arbre et hâte le pas en direction de la clôture.

« Tu n'es pas réel, Ben. Tu ne peux pas l'être », songe-t-il en se mettant à trottiner vers la maison.

Ce soir-là, ses parents l'emmènent au restaurant manger une pizza pour célébrer l'obtention d'une si bonne note en maths. Lorsqu'ils rentrent à la maison, Alex prétexte la fatigue et monte dans sa chambre. Allongé sur son lit, il tente encore de comprendre ce qui s'est produit.

Malgré ses efforts, il n'arrive pas à oublier le sourire qui a éclairé le visage de Ben lorsqu'il a accepté de lui prêter le jeu durant une soirée. Et ses propres paroles lui reviennent en boucle dans la tête : « Un marché est un marché. »

Alex regarde sa montre. Il n'est que huit heures trente. Il se relève, prend ses affaires et descend.

— J'ai oublié quelque chose dans la cour d'école! lance-t-il en s'empressant de sortir. Je reviens tout de suite!

Le jour est sur le point de tomber lorsqu'il arrive à l'école. Il traverse lentement le terrain de baseball en direction du gros arbre. L'endroit est désert. « Il est trop tard, se dit-il. Ben a dû en avoir assez d'attendre. Il m'a peut-être même vu repartir après l'école. »

— Je suis désolé, Ben, murmure-t-il.

C'est alors qu'il voit un trou dans l'arbre : l'endroit parfait pour cacher quelque chose! Passant la main dans cette cachette inattendue, il tâte l'intérieur. Il y a peu d'espace, mais suffisamment pour abriter un petit objet. Alex jette un coup d'œil autour de lui pour s'assurer que personne ne l'observe, puis dépose le jeu avec précaution.

— Voilà, Ben. Amuse-toi bien, chuchote-t-il avant de s'éloigner.

Une fois rentré, il se met au lit et s'endort en se demandant s'il retrouvera son DRX7.

Le lendemain, Alex arrive tôt à l'école. Cette fois encore, il s'assure qu'il est bien seul, puis glisse la main dans le trou de l'arbre.

Le jeu est bien là, exactement à l'endroit où il l'a laissé.

« Personne n'y a touché, se dit Alex. Il était sans doute trop tard, finalement. Eh bien au moins, je l'aurai récupéré. »

Il ne sait trop pourquoi, mais cette pensée ne le réjouit pas vraiment. « Tiens, mais l'appareil est en marche, se dit-il. J'ai dû appuyer sur le bouton de démarrage. » Puis, il regarde l'écran. Sous le message annonçant la fin de la partie figure un score incroyablement élevé.

Alex relance le jeu. La petite musique si familière de *Tetris* se fait entendre et trois scores élevés s'affichent à l'écran. Celui qu'il a déjà remarqué figure en haut de la liste, mais deux autres s'en rapprochent.

Quelqu'un a joué... quelqu'un qui apprend rapidement et qui enseigne très bien aussi.

— J'espère que tu t'es bien amusé, Ben, dit Alex à mi-voix. C'est un jeu d'enfant, une fois qu'on a saisi l'astuce, hein? Exactement comme les maths.

Alex éteint l'appareil. En se dirigeant vers l'école, il se retourne et jette un regard vers le gros arbre. Il ne voit personne, mais à tout hasard, il fait un signe de la main.

UN RÊVE DEVENU RÉALITÉ

La voix joyeuse de Jennifer rompt le silence qui régnait jusque-là dans la cuisine.

— Je l'ai trouvée. Elle existe!

André Ross sursaute et verse du café à côté de sa tasse. Il n'avait pas entendu rentrer sa fille.

— Qu'est-ce qui existe, ma chérie? demande-t-il en saisissant un essuie-tout pour éponger la flaque.

— La maison, papa! La maison de mon rêve. Je l'ai trouvée moi-même, dit Jennifer, rayonnante de fierté.

— Évidemment. Comment ai-je pu oublier ça? marmonne André en jetant l'essuie-tout détrempé dans la poubelle.

Au cours des neuf derniers mois, sa femme et lui ont patiemment écouté Jennifer leur décrire en détail la maison qu'elle voit en rêve. Une grande maison blanche avec une véranda et un grenier. La seule où elle pourrait habiter et retrouver le bonheur.

Pendant tout ce temps ou presque, Hélène et lui ont tenté de trouver cette maison en cherchant méthodiquement, semaine après semaine. Au début, ils s'étaient lancés dans cette entreprise avec beaucoup d'enthousiasme, mais à présent, André commençait à se lasser. Ils avaient visité plus d'une trentaine de maisons, mais aucune n'était la bonne pour Jennifer.

À tel point qu'André doutait maintenant un peu de l'existence de cette maison. Mais c'était tout de même formidable de constater que leur fille se remettait à parler et qu'elle semblait de nouveau heureuse. Affichant un sourire, il se tourne donc vers elle en tâchant de paraître intéressé.

— Et où se trouve-t-elle? interroge-t-il.

« Cette fois... » se dit-il intérieurement.

— Eh bien, elle est un peu éloignée d'ici, commence Jennifer. Du côté de Millbrook.

Puis elle se laisse emporter par son enthousiasme :

— Mais elle est formidable, papa. Elle a un immense grenier, et une véranda, et une bibliothèque, et même des pommiers! Exactement comme dans mon rêve!

« Dans son rêve », pense André en cessant de nouveau, l'espace d'un instant, de prêter l'oreille aux propos de sa fille. Il ne s'agit pas d'un rêve qu'elle a fait une fois ou deux. Non. Il revient sans cesse. Nuit après nuit depuis l'accident. « Toujours le même rêve », affirme-t-elle. À propos de cette maison. Une grande maison blanche avec des volets. La maison accueillante, comme elle l'appelle. Mais si elle n'existait pas, cette maison accueillante... Et s'il n'y avait pas de rêve? Et si...

— Alors, est-ce que tu peux l'appeler tout de suite? Papa, tu m'écoutes? demande Jennifer avec impatience.

— Oui, ma chérie, bien sûr.

André appelle :

— Hélène? Tu peux venir, s'il te plaît? Jennifer aimerait te voir.

— Pas maman! Mme Jackson! dit Jennifer en levant les yeux au ciel, frustrée.

Mme Jackson est l'agente d'immeuble qui leur fait visiter des maisons depuis qu'ils ont pris la décision de déménager. Mais

André a cru remarquer que depuis quelque temps, elle semble en avoir assez d'eux.

Pas plus tard que la semaine dernière, elle a affirmé leur avoir fait visiter toutes les grandes maisons blanches à cent kilomètres à la ronde.

— Je ne sais plus où chercher, à présent, M. Ross, lui a-t-elle dit. Vous feriez peut-être mieux de suspendre un moment votre recherche. Votre femme semble très fatiguée, ces jours-ci. Et puis vous avez déjà un si joli foyer!

André l'avait reprise, à ce sujet.

— Ce n'est pas un foyer, Mme Jackson, juste une maison. Nous devons déménager, mais il faut que l'endroit convienne à Jennifer.

— Vous m'avez dit qu'elle n'a que onze ans, M. Ross. Je suis certaine qu'elle s'habituera à la maison que vous achèterez, quel que soit votre choix.

La voix de Mme Jackson laissait filtrer une certaine impatience.

— Elle est notre seule enfant, madame Jackson. Vous savez ce que c'est. Nous voulons qu'elle soit heureuse. Il n'existe rien de plus important à nos yeux. Alors, si vous voulez bien poursuivre vos recherches...

Les choses en étaient restées là, et Mme Jackson avait promis de téléphoner dès qu'elle trouverait. Mais elle ne semblait pas convaincue du tout.

— Qu'y a-t-il, André? demande Hélène Ross en entrant silencieusement dans la cuisine.

C'est bien vrai : elle semble épuisée depuis quelque temps. Elle est pâle. Ses yeux n'ont plus d'éclat. On ne sent plus chez elle le moindre dynamisme. Mais lorsqu'elle aperçoit Jennifer, elle retrouve un peu d'entrain.

— Oh, tu es revenue, ma chérie. Est-ce que ça va?

Tu me parais... différente, dit-elle en fronçant un peu les sourcils.

— Je suis si contente, maman! Devine! J'ai enfin trouvé la maison accueillante. Elle est parfaite!

— Tu penses vraiment l'avoir trouvée, Jennifer?

— J'en suis certaine. J'y suis allée trois fois. Ils sont là, maman. Comme dans mon rêve. Je les ai vus.

André interrompt la conversation :

— Jennifer veut que nous appelions Mme Jackson, Hélène. Pour savoir si la maison est à vendre. Mais je ne suis pas si sûr que...

— Appelle-la, chéri. Nous ne pouvons pas rester ici. Tu le sais. Il n'y a pas d'autre moyen.

— D'accord, je vais lui téléphoner du bureau, dans ce cas, dit André. Répète-moi exactement à quel endroit se trouve cette maison, Jennifer, que je puisse l'expliquer à Mme Jackson.

Cinq minutes plus tard, il revient dans la cuisine le sourire aux lèvres.

— Elle dit que la maison est à vendre.

Jennifer laisse échapper un cri de joie.

— Elle est sur le marché depuis plus de quatre ans, poursuit André. Mme Jackson dit qu'elle est en si mauvais état qu'il ne lui est jamais venu à l'esprit de nous la montrer.

— Ne te fais aucun souci, papa. Elle est parfaite, tu verras!

Jennifer est si contente qu'elle virevolte dans la cuisine.

— Tu ne devrais pas commencer à faire des boîtes? Quand est-ce qu'on déménage? Allons-y!

— Du calme, Jennifer, dit André. Tu sais que tu dois économiser tes forces. Nous irons voir la maison demain.

— Demain? interroge Hélène.

— Mme Jackson est occupée aujourd'hui, explique André. Elle ira chercher la clé demain et nous rejoindra sur place vers huit heures.

Millbrook ne se trouve qu'à une trentaine de minutes en voiture de Fenton, mais Jennifer a tellement hâte de montrer la maison à ses parents qu'ils consentent à partir à six heures.

— Comme ça, vous la verrez pendant qu'il fait encore clair, leur dit-elle. Et je vous indiquerai le chemin quand nous nous approcherons.

— Nous pourrions apporter un peu de nourriture et pique-niquer d'abord, suggère André, une lueur d'espoir dans la voix.

Il y a longtemps qu'Hélène n'a pas accepté de faire une activité de ce genre, et il ne sait pas trop ce qu'elle va répondre. Mais elle accepte en ajoutant que l'idée lui semble bonne. Enfin, jusqu'à ce qu'il fasse allusion au lac.

— Nous pourrions étendre une couverture au bord du lac, comme nous avions l'habitude de le faire, et...

Tout de suite, le visage d'Hélène redevient pâle.

— Non, pas le lac, André, dit-elle d'une voix étranglée. Tu sais que je ne peux pas y retourner. Pas depuis que Jennifer...

Elle se tait, incapable de finir sa phrase.

— Non, bien sûr que non, s'empresse de dire André en tendant la main vers celle de sa femme. J'ai parlé sans réfléchir.

Il suggère plutôt de s'arrêter en route pour manger des hot-dogs et de la crème glacée et Hélène approuve avec enthousiasme.

Ils mettent donc leur projet à exécution le lendemain. Il est à peine sept heures trente lorsqu'ils quittent la nationale 52 pour emprunter une petite route de campagne.

Presque tout de suite, la voix de Jennifer se fait entendre depuis la banquette arrière :

— Fais attention, papa. Nous y sommes presque. Tu vois

cette clôture devant nous sur la gauche? Tourne là.

André engage lentement la voiture dans une longue allée bordée d'arbres.

— La voilà! Elle est magnifique, n'est-ce pas? dit doucement Jennifer alors que la voiture s'arrête dans une clairière.

— En tout cas, elle est suffisamment grande, dit son père en éteignant le moteur.

— Et elle était blanche avant, ajoute sa mère d'un ton dubitatif alors qu'ils sortent de la voiture.

Jennifer devance ses parents en sautillant.

— Venez, tous les deux. Dépêchez-vous. Attendez de voir l'intérieur! lance-t-elle depuis l'immense véranda qui cerne la maison sur trois faces.

Il y a une haute fenêtre à volets de chaque côté de la porte d'entrée.

— Il faut attendre Mme Jackson, lui rappelle son père. C'est elle qui a la clé.

— Ah, c'est vrai. J'oubliais. Vous deux avez besoin d'une clé pour entrer, dit Jennifer avec un petit rire.

Puis, avant de disparaître vers le côté de la maison, elle s'écrie :

— Je suis ici, je suis ici!

— Nos meubles de patio tiendraient dans cette véranda, dit André.

Hélène et lui font le tour de la demeure, puis gravissent les marches de l'entrée principale.

— Qu'en penses-tu? demande-t-il à sa femme.

— Ce que j'en pense? Je pense que Jennifer sera heureuse, ici. Il faut l'écouter, André. Tu l'as vue lorsqu'elle est descendue de l'auto? Elle était resplendissante!

À ce moment-là, la voiture de Mme Jackson apparaît au bout de l'allée. L'agente d'immeuble stationne son véhicule.

— Désolée d'être en retard, lance-t-elle en saisissant son porte-documents.

Elle se dirige à pas rapides vers la véranda.

— C'est nous qui sommes arrivés plus tôt, dit André. Et attention aux marches. Elles ont besoin de quelques réparations.

— Quelques réparations! C'est le moins qu'on puisse dire, M. Ross! La maison entière a besoin de réparations. Plus personne n'habite ici depuis des années.

Subitement, Mme Jackson sursaute et fait un bond en arrière.

— Qu'est-ce que c'est que ça? Vous avez entendu?

— Quoi? demande Hélène. Je n'ai rien entendu.

— Oh, c'est sans doute mon imagination, dit Mme Jackson. Vous êtes bien sûrs de vouloir visiter cet endroit? Il me donne la chair de poule. Je n'arrive pas à croire qu'une enfant de onze ans puisse l'aimer. Avez-vous enfin amené Jennifer avec vous, cette fois-ci? J'aimerais faire sa connaissance.

« C'est bien ce que je pensais, se dit André. Elle en a vraiment assez de nous. »

À voix haute, il répond simplement :

— Je vous l'ai dit : elle ne se sent pas à l'aise avec les étrangers. À présent, pouvons-nous entrer et visiter, s'il vous plaît?

À contrecoeur, Mme Jackson sort une clé de sa poche, ouvre la porte et laisse André et Hélène Ross pénétrer dans le hall d'entrée.

Une quinzaine de minutes plus tard, elle revient vers le hall, attendant impatiemment que le couple redescende.

En sortant de l'une des chambres à coucher, Hélène lui fait un signe de la main depuis le palier de l'étage.

— Je voulais seulement revoir la chambre principale, dit-elle. Nous sommes prêts, maintenant.

André la rejoint et ensemble, ils descendent lentement l'escalier. Ils sourient.

— Nous allons la prendre, Mme Jackson, annonce André. Quand pouvons-nous emménager?

Mme Jackson rougit jusqu'à la racine des cheveux.

— Mais vous ne vous êtes même pas encore renseignés sur le prix! En fait, le prix ne présente aucun problème. Il est très bas : moins de la moitié de la valeur de votre maison. Mais...

L'agente d'immeuble hésite.

— Mais quoi? interroge Hélène.

— Écoutez, Mme Ross, je mentirais si je vous disais que je ne souhaite pas conclure cette vente. J'ai passé plus de temps avec vous qu'avec tous mes autres clients réunis. Nous cherchons depuis presque neuf mois. Mais je crois sincèrement que vous ne devriez pas acheter cette maison. Et ce n'est pas seulement en raison de son état.

— Alors pourquoi? demande André.

Mme Jackson hésite à nouveau avant de poursuivre :

— Cet après-midi, quand je suis passée chercher la clé au bureau de l'agent immobilier de la région, il...

Elle s'arrête.

— Continuez, dit Hélène.

— Eh bien, m'a révélé quelque chose à propos de la maison.

Mme Jackson baisse la voix.

— Bien sûr, je ne crois pas à ces choses-là, mais il m'a confié que selon certains, la maison serait hantée.

— Vraiment? dit Hélène. Vous a-t-il fourni quelques précisions?

Mme Jackson jette autour d'elle un coup d'œil nerveux. D'une voix à peine audible, elle poursuit :

— Eh bien, apparemment, une famille vivait ici, la famille Morano. Le couple avait deux enfants : une fille de onze ans et

un garçon de treize ans. Il y a cinq ans, ils ont eu un terrible
accident sur la nationale 52. Leur voiture est tombée du pont.
M. et Mme Morano ont été secourus, mais pas leurs enfants.
Ils se sont noyés. Un mois plus tard, les parents ont quitté
la maison. Les enfants avaient adoré vivre à la campagne,
mais l'endroit était trop vide sans eux et les souvenirs, trop
nombreux. Ils ont dû se résigner à partir.

— Je comprends ce qu'ils ont ressenti, dit Hélène les
yeux embués. C'est bien triste. La perte d'un enfant est une

chose terrible.

— Mais, ajoute précipitamment Mme Jackson, certaines personnes affirment que les enfants n'ont pas disparu, enfin... qu'ils ne sont pas vraiment partis. Les gens croient qu'ils se trouvent toujours ici et disent les avoir vus. Tous les deux. Ils jouent dans la cour et passent sous les fenêtres, la nuit. Certains affirment même les avoir entendus chanter et rire. Et l'agent d'immeuble m'a raconté que, pas plus tard que la semaine dernière, il a aperçu non pas deux, mais trois silhouettes à la fenêtre. Même lui commence à croire ces ragots.

Les joues de Mme Jackson sont écarlates, à présent.

— Alors, comprenez-vous pourquoi vous ne devriez sans doute pas acheter cette maison? De plus, votre fille va la détester. Elle mourra de peur, ici.

Mme Jackson ouvre la porte pour faire passer ses clients sous la véranda et reste figée.

— Vous avez entendu? parvient-elle à articuler.

— Entendu quoi? demande André en sortant de la maison.

— J'ai cru entendre un rire.

— Où? À l'intérieur? interroge-t-il.

— Non, de ce côté, dit Mme Jackson, pointant l'index vers un petit verger laissé à l'abandon. Mais il n'y a rien.

Hélène et André tournent les yeux en direction du verger. Sous les dernières lueurs du soleil couchant, ils parviennent à distinguer la silhouette floue de trois enfants, deux filles et un garçon. En courant, ils se dissimulent derrière les arbres ou s'élancent hors de leur cachette comme s'ils jouaient au chat perché.

Hélène et André se regardent et sourient.

— Nous allons prendre la maison, Mme Jackson, disent-ils en chœur.

— Mais... et votre fille? Vous avez dit qu'elle n'avait aimé aucune des autres maisons. Je vous garantis qu'elle n'aimera pas celle-là non plus.

— Je ne suis pas de cet avis, dit André. Je crois au contraire qu'elle la trouvera très accueillante. Qu'en penses-tu, Hélène?

— Oui, je sais qu'elle l'aimera, répond Hélène. Elle dira sans doute que son rêve est devenu réalité.

LE MEILLEUR AMI

La seule chose qui permet à Mathias Laplante de traverser les semaines pénibles qui suivent la mort de son chien Banjo, heurté par une voiture, c'est l'approche du camp de vacances.

Chaque fois qu'il sent le souvenir de Banjo le submerger, il regarde le calendrier posé sur son pupitre et compte les jours.

La veille du départ au camp des Pins arrive enfin. Mathias tend la main vers la photo de lui et de Banjo trônant sur sa table de chevet.

— Bonne nuit mon vieux, dit-il comme tous les soirs.

Il glisse ensuite la photo dans la poche latérale de son sac avec ses trois nouveaux romans de Gordon Korman.

« Camp des pins, me voici! » songe-t-il en se blottissant sous les couvertures. Pour la première fois depuis longtemps, il se sent vraiment heureux.

Mais ce bonheur est de courte durée. Tout se passe bien pendant les deux heures d'autocar qui le séparent du camp de vacances ainsi qu'à la folle cérémonie d'accueil préparée par les animateurs à l'intention des nouveaux arrivants. Mais à peine a-t-il ouvert la porte du chalet où il doit loger que sa joie s'envole.

Zack Vincent est assis sur le lit numéro six, juste à côté du sien. Il est l'auteur d'innombrables « attaques-à-Zack ». C'est ainsi que les autres campeurs appellent les souffrances qu'inflige Zack à ses victimes. Et chacun d'eux a eu droit à au moins une de ces attaques.

Zack travaille dur pour conserver sa réputation de tyran. Il ne tarde pas à voir en Mathias une cible toute désignée et lance sur-le-champ sa première offensive.

— Tiens, tiens, si c'est pas Larose! À moins que ce soit Lafleur? Non, attendez, je crois que je l'ai. C'est Laplante! La plante verte!

Mathias aurait préféré s'appeler Racine et rentrer sous terre! Lentement, il s'avance vers son lit en essayant d'ignorer les autres garçons qui observent la scène, guettant sa réaction. Timothée, un ami de l'année dernière, est le seul qui pourrait chercher à le défendre.

— Hé, la plante verte! T'as besoin d'eau? Tu veux qu'on t'arrose?

« C'est lui qu'il faudrait arroser », se dit Mathias. Mais il garde le silence et déballe le contenu de son sac. Si seulement l'expression de sa mère, « fais comme si de rien n'était, et ça passera » pouvait être vraie!

Mais Zack s'acharne, et avec lui, il est impossible de faire comme si de rien n'était. Au cours des jours qui suivent, il cache les chaussures de sport de Mathias, fait son lit en portefeuille, lance une couleuvre par-dessus la cloison de la douche où Mathias est en train de se laver et verse de l'eau dans son lit pendant qu'il dort.

Au réveil, croyant avoir fait pipi au lit, Mathias se sent honteux. Ce n'est que plus tard, en entendant Zack se vanter de son exploit, qu'il comprend ce qui s'est passé. Mathias vit un cauchemar dont il ne voit pas la fin.

Ce soir-là, après le souper, il demande la permission de ne pas participer au feu de camp. Comme c'est la première fois, les animateurs le lui permettent.

Heureux de disposer d'un peu de temps pour lui, Mathias se prépare à aller au lit et se recroqueville sous ses couvertures avec sa lampe de poche, un livre et sa photo de Banjo. Il compte utiliser la photo comme signet durant toute la durée de son séjour. Il pourra ainsi y jeter un coup d'œil aussi souvent qu'il le voudra.

Timothée lui a demandé des nouvelles de Banjo. Timothée a un chien, lui aussi. Il s'appelle Gédéon. L'été précédent, les deux garçons ont passé beaucoup de temps à se raconter des anecdotes sur les chiens.

Mais cette année, ils n'ont plus ce type de conversations. Timothée ne veut pas blesser son ami en lui faisant part des exploits de Gédéon. Et Mathias n'ose pas parler de Banjo de crainte de se mettre à pleurer. Zack serait bien trop content de le surprendre en train de brailler comme un bébé.

Banjo et Zack. Dans la tête de Mathias, ces deux noms sont devenus inséparables : plus Zack le tourmente, plus la présence de Banjo lui manque.

Il fixe la photo de Banjo en rêvant de pouvoir le faire apparaître. Si son chien était là, plus rien de ce que pourrait lui infliger Zack n'aurait d'importance.

Banjo et Zack. Zack et Banjo. Mathias s'efforce de garder les yeux ouverts le temps d'éteindre sa lampe de poche et de glisser son livre – et son signet – sous son oreiller. Puis, il se roule en boule sur le côté en tournant le dos au lit de Zack, et s'endort.

Il fait encore noir lorsque Mathias s'éveille, couvert de sueur et tremblotant. Il a encore fait le même cauchemar. Celui qui le hante depuis son arrivée au camp de vacances.

Dans son rêve, il se tient au-dessus de Zack et le regarde s'étrangler avec un sandwich au beurre d'arachide. Banjo est là lui aussi. Il aboie et mord les chevilles de Zack. Alors que ce dernier se tord désespérément sur le plancher du chalet,

Mathias s'entend éclater de rire, un gloussement méchant et sonore qui lui glace le sang. Le souffle coupé, Zack tend les mains pour obtenir de l'aide, mais Mathias fait demi-tour et se dirige vers la porte.

Cette porte est recouverte d'un gigantesque morceau de papier sur lequel un proverbe chinois est gribouillé en lettres immenses : Celui qui cherche la vengeance doit creuser deux tombes. Mathias a appris ce proverbe en cours de français. Le professeur l'a utilisé pour présenter l'histoire d'un homme qui tentait de régler ses comptes avec un ami qui l'avait trahi.

Le papier voltige et bloque la porte. Toujours secoué par son horrible rire, Mathias déchire le papier pour sortir.

Pendant un moment, il se sent flotter. Au-dessous, dans l'obscurité, deux tombes fraîchement creusées se dessinent. Le corps sans vie de Zack est allongé dans l'une d'elles. C'est alors que lui-même commence à tomber.

Il se réveille toujours à ce moment-là. Toutes les nuits. Juste à cet instant. Il agite les bras dans tous les sens et lutte pour ne pas se retrouver dans la deuxième tombe.

Le silence règne dans le chalet. Seuls les ronflements de Timothée se font entendre à un rythme régulier. Lorsque ses yeux s'habituent à l'obscurité, Mathias distingue la silhouette de Zack, couché sur le côté face à lui. Il est profondément endormi, mais un sourire en coin se dessine sur son visage.

« Il est probablement en train de rêver à ce qu'il va me faire subir demain, songe Mathias. Je voudrais qu'il disparaisse, mais surtout, j'aimerais tant que tu sois là, Banjo. Je te placerais devant lui et tu lui apprendrais, toi. Si tu savais comme tu me manques, mon petit chien. »

Mathias finit par se rendormir, les larmes aux yeux, sans faire de bruit.

Le lendemain matin, les choses se gâtent encore. Lorsqu'il

s'éveille, il constate qu'il a dû bouger beaucoup dans son sommeil, puisque son livre est tombé par terre. Zack agite la photo de Banjo devant ses yeux.

— Dis donc, la plante verte! Qui c'est, ça? Ta petite amie? Hé, les gars, la petite amie de la plante verte est une bête! dit Zack en rigolant.

D'autres garçons rient aussi, sans conviction.

— Rends-moi ça! dit Mathias en essayant de se lever.

Zack se penche et lui brandit la photo sous le nez.

— Rends-moi ça, gronde Mathias.

Zack ne bouge pas. Soudain, Mathias ramène ses deux jambes vers lui, et donne un coup de pied de toutes ses forces. Zack tombe à la renverse sur le sol. Mathias le suit, dans un enchevêtrement de draps et de couvertures.

— Donne-moi cette photo, Zack. Tout de suite. Elle m'appartient.

Zack se remet tant bien que mal sur ses pieds et passe de l'autre côté du lit.

— La petite amie de Laplante est une bête, la petite amie de Laplante est une bête, répète-t-il en narguant Mathias.

Mathias s'efforce de se relever. Lorsqu'il y parvient, il trébuche sur le drap et tombe en travers du lit de Zack. Il tend désespérément le bras vers la photo.

— Tu la veux? raille Zack. Tiens, la voilà.

Il déchire la photo, froisse les morceaux et les jette à Mathias. Puis il se retourne et se dirige vers la porte.

Mathias ramasse les morceaux et se relève. Retenant ses larmes, il crie :

— Tu vas le regretter, Zack. Tu vas voir. Tu n'es qu'une brute épaisse. Une brute épaisse, crasseuse et sans cervelle.

Un garçon pousse un petit cri. Puis un silence de mort s'installe dans le chalet. Sous le choc, plus personne n'ose parler, pas même Mathias.

Lentement, Zack se retourne et le regarde droit dans les yeux. Puis, comme s'il avait décidé qu'il avait causé suffisamment d'ennuis, il prend nonchalamment la direction de la sortie.

Mathias tente de réparer la photo. Il étale les morceaux sur son lit en espérant pouvoir les recoller avec du ruban adhésif, mais c'est peine perdue : la tête de Banjo est déchirée juste au milieu et des fissures blanches apparaissent aux endroits où Zack a froissé le papier. La photo est détruite. Banjo a disparu et son image aussi, à présent.

Le souvenir de Banjo et les gestes de Zack pèsent lourd sur les épaules de Mathias alors qu'il se rend à la cafétéria pour déjeuner. Il évite de faire la queue à la table des plats chauds où se trouvent les œufs brouillés et les saucisses. C'est l'endroit privilégié des attaques sournoises de Zack.

Il se dirige directement vers la table de son chalet, sur laquelle il y a toujours du jus de fruits, des céréales et des rôties. Avant de prendre place à côté de Timothée, il examine sa chaise afin de s'assurer que Zack ne l'a pas enduite de confiture.

Comme s'il lisait dans ses pensées, Timothée lui dit :

— Détends-toi, il n'est pas ici.

— Où est-il? interroge Mathias.

— Parti prendre une douche, dit Timothée.

Il sourit et explique :

— En venant prendre son déjeuner, il a glissé et est tombé dans la plus grosse flaque de boue des environs. Certains animateurs n'ont pas pu s'empêcher de rire tellement c'était drôle.

— Tu plaisantes?

— Absolument pas! C'était génial. Tu as raté quelque chose!

Mathias assiste à la chute suivante de Zack, à l'heure du dîner. Il est également présent lorsque Zack trébuche de nouveau en se dirigeant vers le ponton. Comme il est en maillot de bain, il s'écorche les genoux.

Puis, il trébuche une nouvelle fois en se rendant au feu de camp et laisse échapper un cri de douleur en tombant sur ses genoux déjà très amochés. Cette fois, Mathias ne peut réprimer une grimace de sympathie.

Le soir venu, Zack se couche sans songer à ennuyer qui que ce soit, pas même Mathias qui s'endort le sourire aux lèvres. Il arrive à Zack exactement ce qu'il mérite.

Pour la première fois depuis son arrivée au camp de vacances, Mathias dort paisiblement et s'éveille en se sentant parfaitement reposé. Zack, en revanche, est aussi grincheux qu'un grizzli et se plaint d'avoir gelé toute la nuit. Il lance sur un ton menaçant :

— Et celui qui s'est amusé à tirer sans arrêt mes couvertures ne paie rien pour attendre! Quand je vais l'attraper, il va regretter d'être venu au monde! dit-il en fixant Mathias d'un regard mauvais.

Puis il saisit ses couvertures tombées sur le sol et fait son lit.

Mathias se hâte de faire le sien, pressé de s'éloigner le plus possible de Zack. Son humeur n'augure rien de bon.

Mathias reconnaît cependant que le fait de perdre sans cesse ses couvertures est vraiment très irritant, surtout lorsque les nuits sont fraîches. Il arrivait à Banjo de tirer sur les siennes. Mathias détestait se réveiller frigorifié jusqu'à la moelle.

Ce jour-là, Zack continue d'être victime d'étranges mésaventures. Durant la matinée, alors qu'il se trouve sur le ponton, il tombe à la renverse et affirme avoir été piqué à la cheville par un taon. Mais lorsque le responsable des sports aquatiques lui apporte un onguent à étendre sur la plaie, Zack ne voit sur sa cheville ni rougeur ni enflure.

Au souper, alors que tous se font griller des saucisses au-dessus du feu de camp, Zack affirme qu'il s'est fait chiper son hot-dog. Même s'il a fait cuire sa saucisse lui-même et l'a trempée dans le ketchup, il est convaincu que quelqu'un y a attaché une corde et a tiré dessus.

Lorsque les animateurs lui demandent de se calmer un peu, il devient furieux et s'en va précipitamment. À leur retour au chalet, les autres campeurs le trouvent allongé sur son lit, le visage enfoui dans son oreiller.

Dès le réveil, le lendemain, tout le chalet a droit aux lamentations de Zack.

— Si je mets la main sur ce chien, je le fiche au fond d'un sac avec une grosse pierre et je le lance dans le lac.

— Quel chien? demande Timothée.

— Celui qui a aboyé dehors toute la nuit.

— Je n'ai pas entendu de chien, dit Timothée. Et vous, les gars?

Affichant un air perplexe, les autres, y compris Mathias, font un signe de tête négatif.

— Comment? Vous ne l'avez pas entendu? Vous êtes sourds, ou quoi? Wouf! Wouf! Wouf! Il a jappé toute la nuit! Ce soir, je vais placer un piège à loups dehors.

En entendant les propos de Zack au sujet du chien qui jappe, Mathias repense à Banjo. Il avait l'habitude d'aboyer, lui aussi, tant qu'il n'avait pas obtenu ce qu'il voulait. « Tiens, mais quelle drôle de coïncidence, se dit Mathias. Banjo tirait les couvertures de mon lit, lui aussi. Et il chipait de la nourriture durant les barbecues. C'était même l'un de ses tours préférés. »

Soudain, un grand bruit retentit, suivi d'un cri. Les campeurs du chalet se précipitent à la porte. Zack est en larmes, étendu de tout son long au pied de l'escalier.

De petits ricanements fusent à l'intérieur du chalet. L'agresseur tout-puissant pleure comme un bébé.

Quelqu'un lance « Mais Zackie ramollit! » et les ricanements se transforment en un éclat de rire général. Tous les garçons s'esclaffent. Tous, à l'exception de Timothée, qui ne se moque jamais lorsque les autres ont des ennuis, et de Mathias.

Mathias ne se moque pas parce qu'un autre souvenir vient s'ajouter à la liste dans sa tête. Banjo se trouvait toujours dans les jambes de tout le monde. Il fallait se méfier constamment pour éviter de trébucher sur lui. Mais ce n'est pas possible, songe-t-il. Non, puisque Banjo est...

Zack pousse un nouveau hurlement. Timothée et Raj, qui tentent de l'aider à se relever, font un bond en arrière.

— Ma jambe, gémit Zack en retombant contre Timothée. Je

n'arrive pas à me relever. Allez chercher de l'aide. Je crois qu'elle est cassée.

Mathias court prévenir les animateurs. Deux d'entre eux soulèvent Zack et le transportent à l'infirmerie. Mathias et les autres leur emboîtent le pas, puis attendent à l'extérieur qu'on les renseigne sur la blessure de Zack.

L'infirmier apparaît enfin pour annoncer que Zack n'a pas la jambe cassée, mais qu'il s'est fait une mauvaise entorse et qu'il passera quelques jours à l'infirmerie.

Le reste de la journée est formidable. Maintenant que Zack est hors circuit, tout le monde se détend. Tout le monde, sauf Mathias, qui tente désespérément de trouver une explication à ce qui s'est passé. Et chaque fois, il en arrive à la même réponse impossible : Banjo.

Au cours de la soirée, alors que les autres campeurs vont mettre leur maillot pour une baignade nocturne, Mathias se faufile jusqu'à l'infirmerie. Sans bruit, il en fait le tour. Puis, il se poste sous la fenêtre, aussi immobile qu'une statue, et tend l'oreille. Il ne voit ni n'entend rien d'inhabituel.

Finalement, il s'accroupit dans l'obscurité et chuchote :

— Banjo, Banjo. Ici, mon chien. Viens ici.

Rien ne se passe. Mathias persiste.

— Écoute-moi, mon vieux. Je pense que tu es dans les parages. Si c'est le cas, je te remercie. Tu m'as vraiment aidé. Mais c'est terminé à présent, mon Banjo. D'accord? Je ne peux pas supporter de voir Zack se sentir aussi mal que je me suis senti. Tu dois le laisser tranquille, Banjo. Il n'a pas d'amis. Moi, je vais bien à présent, mon chien. Je t'assure.

En se relevant pour partir, Mathias pose le pied sur un bout de bois. Un craquement sonore retentit.

— Qui est là? demande Zack d'une voix brusque qui trahit sa peur. Est-ce que c'est toi, le chien?

Mathias hésite. Devrait-il répondre, ou simplement s'éloigner en silence? Zack semble vraiment effrayé.

— C'est moi, Zack. Mathias.

— Qu'est-ce que tu fais là?

La voix de Zack a repris un certain ton de bravade.

— Oh, je passais juste te dire bonsoir, dit Mathias.

— Ah oui?

Zack semble étonné.

— Oui, dit Mathias, qui entre en poussant la porte.

À la lueur de la veilleuse, Mathias distingue la tête de Zack qui émerge hors des couvertures.

— Chuuut, murmure-t-il. L'infirmier n'est peut-être pas encore endormi. Il n'y a pas longtemps qu'il est passé mettre de la glace sur ma cheville.

— Comment va ta jambe? chuchote à son tour Mathias.

— Elle me fait mal.

— Je suis désolé.

— Moi aussi.

Mathias n'en croit pas ses oreilles.

— Qu'est-ce que tu as dit? demande-t-il.

— J'ai dit : moi aussi.

Zack semble attendre que Mathias lui réponde une méchanceté.

Mathias le regarde.

— Ça va, dit-il doucement.

Zack laisse échapper un soupir de soulagement et son visage se détend.

— Merci, dit-il.

— Pas de quoi. Je te vois demain matin?

— Bien sûr.

Mathias rentre au chalet sur la pointe des pieds et se glisse dans son lit. Lorsque les campeurs reviennent de la baignade, il dort profondément et rêve que Banjo est roulé en boule au pied de son lit.

Après le déjeuner, Mathias retourne à l'infirmerie. Zack est assis, en train de manger.

— Et puis? Ta jambe?

— Elle va beaucoup mieux, merci.

— Génial, dit Mathias. Est-ce qu'elle te fait encore mal?

— Pas trop. L'infirmier a dû mettre un coussin chauffant durant la nuit. Quand je me suis réveillé, je me suis dit que c'était bon d'avoir un truc chaud et doux enroulé autour de ma cheville.

Mathias regarde le pied du lit, puis tourne les yeux vers Zack. En souriant, il lui dit :

— Oui, je sais exactement de quoi tu parles.

LA RÉCOMPENSE DU VOLEUR

La journée commence comme d'habitude. La mère de Julie, technicienne de laboratoire, part à l'hôpital vers 7 h 30. Son père n'est toujours pas rentré d'une autre nuit de travail au volant de son taxi. Julie et sa sœur se disputent la salle de bain et comme d'habitude, c'est Émilie qui l'emporte.

Finalement, Émilie part à l'école – ses cours commencent à 8 h 30 – et Julie dispose de quelques minutes à elle seule. Elle allume la télé et s'attaque à son bol de céréales.

C'est le moment des actualités télévisées. Trop tôt pour ses émissions préférées, évidemment. Ses pensées vagabondent un instant, puis s'arrêtent sur le sujet qu'elle a choisi hier soir en vue de l'expo-sciences. Pour une fois, elle a trouvé un thème qui l'intéresse vraiment.

Julie aimerait savoir pourquoi le rideau de douche semble aspiré vers l'intérieur et s'enroule autour d'elle lorsque l'eau se met à couler. Émilie voudrait bien savoir, elle aussi. Chaque fois que ça lui arrive, elle crie « attaque de résidus de savon! ».

Sa mère affirme qu'il y a beaucoup de notions scientifiques à apprendre à partir de cette question, et elle s'y connaît en maths et en sciences. Est-ce que la question plaira à son professeur? Julie n'en est pas si sûre. Et c'est tout de même lui qui doit approuver ce matin le sujet qu'elle a choisi.

« ... les policiers se trouvent toujours sur la scène du

braquage de la banque, à l'angle de la 5e avenue et de la rue Fraser... »

La 5e et Fraser! C'est à trois coins de rues! Julie traverse cette intersection tous les matins sur le chemin de l'école. Tout de suite, elle tend l'oreille aux propos de la présentatrice du journal télévisé.

« ... On ne connaît pas encore les faits avec exactitude, mais il semble que le système d'alarme se soit déclenché alors que le voleur se trouvait encore sur les lieux. Les premiers policiers arrivés sur la scène du crime ont trouvé un homme – qu'ils considèrent comme l'un des suspects – mort devant la chambre forte. Le sergent-détective Cormier, chargé de l'affaire, refuse pour l'instant de se prononcer sur la cause de la mort de cet homme. Il affirme toutefois que, de toute évidence, le malfaiteur ne se trouvait pas seul à l'intérieur de la banque. La police demande aux gens d'éviter l'intersection jusqu'à ce que... »

Julie se lève précipitamment de table, éteint la télé, laisse son bol dans l'évier au passage, et se précipite dans sa chambre. Elle saisit son sac à dos, s'arrête deux secondes à la salle de bain pour se brosser les dents, puis quitte l'appartement à la hâte.

Une foule impressionnante est rassemblée devant la banque lorsque Julie s'approche. Elle se faufile parmi les curieux jusqu'à qu'une épaisse banderole de plastique jaune portant l'avertissement « Police – Zone interdite » l'empêche d'aller plus loin.

Julie est fascinée. Une ambulance dont les gyrophares clignotent se trouve garée près de la porte de la banque. Tout autour, il y a des voitures de police et des fourgonnettes couvertes de logos des diverses chaînes de télé de la ville et remplies de matériel. Les équipes de tournage et les journalistes courent dans tous les sens et les policiers interrogent les gens dans la rue et contrôlent les allées et venues de personnes qui défilent à l'intérieur de la banque.

Par les fenêtres de l'entrée à doubles portes de la banque, Julie distingue un petit cercle de personnes penchées au-dessus de quelque chose qui se trouve sur le sol. Elle se dit que ce doit être l'endroit où gît le cadavre. On ne le déplace jamais tant que tous les éléments de preuve n'ont pas été relevés. Elle le sait, parce que c'est toujours ainsi que ça se passe à la télé.

Soudain, des policiers s'approchent des portes et les tiennent ouvertes alors que deux ambulanciers en uniforme s'avancent lentement. Julie comprend immédiatement ce qui se passe : ils vont sortir le corps.

Le silence s'installe parmi la foule au passage des ambulanciers qui chargent avec soin la civière dans leur véhicule. Julie écarquille les yeux. Cette scène la fascine, mais elle la bouleverse, aussi. Une personne est morte. Sans doute le frère, le mari, ou même le père de quelqu'un.

— Mari et père, dit une voix.

— Hein?

Julie se retourne pour voir qui a parlé. Personne ne s'intéresse à elle. Elle reprend son observation et se sent un peu ridicule. L'espace d'un instant, elle aurait juré qu'on avait lu dans ses pensées.

— Tout à fait. C'est bizarre, non? entend-elle de nouveau.

Julie pivote sur elle-même. Elle constate cette fois encore que personne ne la regarde. La foule commence à se disperser. La personne la plus proche – une femme âgée – se trouve à plusieurs pas d'elle. Mais elle a pourtant eu l'impression que la voix, un chuchotement rauque, lui parlait directement à l'oreille. C'était une voix masculine.

— Je suis juste ici, fillette.

Julie frissonne. Il se passe un truc effrayant. Il lui est déjà arrivé d'entendre des voix, au camp de vacances, mais c'était Rachel McKenzie et ses habituels tours pendables. Elle adorait attendre que l'une des filles s'endorme pour lui chuchoter des bruits étranges à l'oreille. Mais Rachel n'est pas dans les parages. En fait, en ce moment, elle se trouve sans doute à l'école, en train d'attendre que la cloche sonne.

« Et je devrais y être moi aussi », pense Julie. Sa mère a l'habitude de dire que son imagination fait des heures supplémentaires parce qu'elle écoute trop la télé. Et cela produit un effet sur le cerveau, selon elle. Julie s'éloigne de la banderole jaune et se met à courir sur la 5e avenue en direction de l'école.

— Ralentis, fillette. Je suis nouveau, à ce jeu-là.

L'étrange voix la suit. Elle en est sûre, à présent. Terrorisée, elle accélère sa course.

— Attends. Courir exige trop d'énergie.

Julie sent qu'on la tire vers l'arrière. Elle s'arrête et fait volte-face. Rien. Il n'y a rien autour d'elle. Elle est pétrifiée, trop effrayée pour bouger. Figée sur place, elle sent ses genoux qui s'entrechoquent et son estomac est noué.

— Désolé, fillette. Mais ça a fonctionné. Tu t'es arrêtée. Tu veux bien m'écouter, à présent?

Julie croit déceler une note de désespoir dans la voix. Doit-elle rester, ou fuir? L'école n'est plus qu'à deux pâtés de maisons. « File à l'école, se dit-elle. Tu seras en sécurité. »

— Pas sûr, répond la voix. Je ne suis encore jamais passé à travers un mur, mais je suis tout à fait disposé à essayer. Et puis, il y a toujours une fenêtre à proximité.

— D'accord, d'accord, marmonne Julie en essayant de ne pas bouger les lèvres.

Elle jette un œil à la ronde pour s'assurer que personne ne l'a entendue. S'il fallait qu'un autre élève de l'école la surprenne en train de parler toute seule! Heureusement, il n'y a personne en vue pour l'instant.

Elle s'empresse de remonter une allée et bredouille :

— Je ne sais pas ce que vous êtes... ou qui vous êtes, mais qu'est-ce que vous attendez de moi?

« Je n'arrive pas à croire que je fais une chose pareille, se dit-elle. Je parle à cette espèce de... chose ou je ne sais quoi. Je suis sûrement en train de devenir dingue! »

— Tu n'es pas dingue. Moi, je l'étais... et à présent, me voilà mort! Et je ne devrais pas l'être, tu sais.

Soudain, le couvercle métallique d'une vieille poubelle bascule sur le pavé, juste à côté d'elle. Julie sursaute tandis que le tintamarre se répercute dans toute l'allée. Puis, un bruissement se fait entendre. Il provient de la poubelle. Julie reste aussi immobile qu'une statue. Les bruissements reprennent, cette fois accompagnés de grattements. Julie retient son souffle. Les grattements recommencent. Son imagination tourne à plein régime. Quel genre de spectre peut bien être sur le point de se matérialiser?

Lorsque la tête d'un chat tigré hirsute émerge de la poubelle et que l'animal la regarde en clignant des yeux, Julie laisse échapper un long soupir de soulagement. Le chat saute par terre avec agilité et s'enfuit. Julie a très envie de l'imiter, mais elle regarde plutôt autour d'elle pour s'assurer qu'elle est bien seule.

« Seule? C'est curieux, se dit-elle. Je préférerais vraiment être seule. » Il lui vient subitement à l'esprit que cette créature peut lire dans ses pensées. Elle déteste que quelqu'un puisse ainsi se trouver dans sa tête. Mais au moins, on ne la surprendra pas à parler toute seule dans un endroit désert, si elle formule ses phrases intérieurement.

Elle essaie. « Qui êtes-vous? pense-t-elle. Que voulez-vous de moi? » Silence. Elle se concentre davantage. « Que voulez-vous? » Rien. « Il est parti! À moins que ma crise de folie ne soit terminée », se dit-elle.

Quoi qu'il en soit, voilà peut-être sa chance de fuir. Elle se retourne et s'apprête à partir.

— Non, s'il te plaît. Ne pars pas.

La voix vient de sa droite, près du mur.

Julie sent de nouveau la peur l'envahir. Elle ferme les yeux et se concentre encore plus fort. « Qu'est-ce que vous voulez? »

— Je t'en prie, dis quelque chose. Dis-moi que tu vas m'aider.

— Est-ce que j'ai vraiment besoin de dire quoi que ce soit? chuchote Julie. Vous savez ce que je pense!

— Non, je crois que je n'y arrive plus. Tout a commencé quand ils m'ont posé sur la civière. J'entendais ce que pensaient les policiers. Et puis, lorsqu'ils m'ont sorti de l'ambulance, toutes sortes de pensées se bousculaient. Tous ces gens. C'était difficile. La foule était plutôt hostile. Il y avait là des pensées affreuses. Sauf les tiennes. Toi, tu imaginais ma famille.

La voix s'arrête un instant, et Julie croit entendre un sanglot. Puis la voix reprend :

— C'est la raison pour laquelle je t'ai choisie. Mais je n'arrive plus à lire dans tes pensées. En fait, je ne sais pas combien de temps il me reste. Tout commence à me sembler différent. Tu veux bien m'aider?

En entendant ces propos, Julie a l'impression de recevoir un coup de bâton de baseball dans le ventre.

— Vous... vous êtes... euh... l'homme de la banque? parvient-elle à articuler.

— Le type qui est mort... ouais.

Julie a la gorge nouée.

— D'ac... d'ac... d'accord, bafouille-t-elle en essayant de

paraître calme. Mais je dois partir, maintenant. Je suis vraiment en retard pour l'école. Mon professeur ne sera pas content.

— Ne t'en va pas. Pas tout de suite. Je voudrais que nous nous comprenions bien. Tu dois m'aider à faire ça. Je t'en prie, c'est pour mon fils, supplie la voix.

— Mais pourquoi est-ce que je vous aiderais? Vous êtes un...

— Un voleur? Un bandit? Dis-le, fillette. C'est la vérité. Je sais que c'était un geste vraiment stupide, mais j'avais besoin de cet argent, et... et je me suis laissé convaincre par mon ami. Mais c'était la première fois. Je t'assure. Tu dois me croire.

— Je ne sais plus ce que je dois croire.

— Je sais ce que tu ressens. Mais écoute, s'il te plaît. D'abord, je m'appelle Jim. Jim Robertson. Et toi?

— Julie.

Elle hésite. Il est plus facile de retrouver quelqu'un si l'on connaît son nom de famille. Mais tout de suite, elle voit le ridicule de cette idée. Cette créature, cet esprit, ce fantôme pourra sans doute la retrouver n'importe où et n'importe quand.

— Sharma. Julie Sharma.

« Et voilà, se dit-elle. Je l'ai fait. Je me suis présentée à un fantôme! »

— Enchanté, Julie. Je te dis la vérité. C'était vraiment la première fois. Je sais que ce n'est pas une raison, mais tout allait de travers. J'avais perdu mon boulot. Ma femme et mon fils étaient partis, je n'arrivais pas à payer le loyer et le propriétaire menaçait de me jeter dehors.

Jim Robertson poursuit :

— C'est alors que Nick, mon meilleur copain, m'a proposé ce plan. Ce menteur hors catégorie m'a affirmé que ce serait une bagatelle. Il avait été gardien de sécurité à la banque. Il m'a assuré qu'il connaissait l'endroit par cœur et que tout se ferait en douceur. Ouais, en douceur. Tu parles!

Julie se surprend à s'intéresser à son récit.

— Mais qu'est-ce qui a mal tourné? demande-t-elle.

— Rien. Du moins au début, tout a fonctionné comme sur des roulettes, jusqu'à ce que...

Julie saisit tout à coup :

— Jusqu'à ce qu'il vous piège! laisse-t-elle échapper. Quand il n'a plus eu besoin de vous, il vous a tué et il a gardé l'argent, pas vrai?

— C'est exact. Et à présent, Nick s'en tire non seulement avec l'argent, mais avec le meurtre. Et c'est moi qu'il a tué. Mais la vérité ne sera jamais révélée. Elle n'est pas glorieuse, cette vérité. Seulement, si la police arrête Nick, mon ex-femme comprendra peut-être un peu mieux. Et peut-être qu'elle saura expliquer les choses au petit dans quelques années. Je ne suis pas un si mauvais gars, tu sais.

La voix s'arrête, remplie d'émotion.

Julie en profite pour réfléchir. « J'ai déjà de gros ennuis, se dit-elle. Il y a une heure que l'école est commencée. Et même le professeur le plus crédule ne pourra pas avaler cette histoire. »

— Bon. Qu'est-ce que je peux faire, alors? demande-t-elle à voix haute.

— Merci, fillette, dit la voix.

Elle semble soulagée, mais épuisée. Comme si elle s'affaiblissait.

— Voici ce que tu peux faire. Il y a un numéro où l'on peut appeler pour dénoncer des crimes...

— Je sais. On l'entend sans cesse à la télé. C'est le 577.

— Parfait, tu le connais. Nous allons nous rendre à ce téléphone public, là-bas. Si tu composes le numéro pour moi, je leur raconterai ce qui s'est passé à la banque. Ils ne sauront pas que c'est moi. Ils croiront qu'il s'agit d'un minable qui trahit un camarade. Et ils auront raison, pas vrai? Je vais leur livrer mon bon vieil ami Nick.

— C'est tout? C'est tout ce que vous voulez?

— C'est tout. Et si je pouvais le faire sans aide, je le ferais.

— D'accord. Dans ce cas, allons-y, dit Julie en plongeant la main dans sa poche pour trouver de la monnaie.

Elle compose le numéro et garde le récepteur sur son oreille lorsqu'une voix grave répond :

— Agent Tremblay. Merci d'avoir appelé la ligne de renseignements de la police.

Julie a l'impression de sentir la présence de Jim à ses côtés. Elle a soudain la chair de poule.

— Allo, dit-il. Je sais ce qui s'est passé à...

— Allo? répète l'agent Tremblay. Vous êtes là?

Julie éloigne un peu le récepteur en se demandant comment elle pourrait aider Jim à se faire entendre.

— Oui, je suis là, dit-il en haussant la voix. Un homme du nom de Nick...

— Il y a quelqu'un? Allo? dit l'agent Tremblay d'une voix forte.

— Il ne m'entend pas, fillette. Il ne m'entend pas, dit Jim d'une voix remplie de panique. Qu'est-ce que je vais faire? Toi, est-ce que tu m'entends? Est-ce que je suis parti?

— Je vous entends, répond Julie en couvrant de la main le microphone du récepteur. Mais je suis peut-être la seule.

— Oh, non, murmure Jim.

Julie regarde le récepteur. Elle avale péniblement sa salive

et le colle de nouveau sur son oreille.

— Désolée, commence-t-elle nerveusement. J'ai laissé tomber le téléphone.

D'une voix tremblante, elle raconte à l'agent ce que lui a dit Jim. Celui-ci l'aide en lui soufflant les réponses aux questions de l'agent. Julie parvient même à renseigner le policier sur l'endroit où Nick prévoit cacher l'argent : dans un casier, à la gare routière.

Elle sent presque que Jim hoche la tête pour marquer son enthousiasme lorsqu'elle ajoute que si la police surveille la gare, elle pourra probablement prendre Nick la main dans le sac lorsqu'il passera reprendre l'argent.

Mais lorsque l'agent Tremblay lui demande comment lui remettre la récompense si son appel conduit à une arrestation, Julie se trouve prise de court. Elle couvre de nouveau le haut-parleur.

— Vas-y, lui dit Jim d'une voix rauque. Tu l'as gagnée. Tu n'as pas à donner ton nom. Ils vont trouver un moyen de te remettre la récompense.

Julie est tentée. La police promet 1 000 $ à la personne qui appelle si ses renseignements sont justes. Pourtant, elle ne sait pas pourquoi, elle ne se sent pas à l'aise à l'idée d'accepter cet argent.

— Un instant, s'il vous plaît, dit-elle en couvrant encore une fois le microphone du récepteur.

— Jim, comment s'appelle votre femme?

— Maria, répond Jim faiblement. Maria Lopez.

— Quelle est son adresse?

— 1394, rue Martin, appartement 1B. Pourquoi?

Julie s'empresse de dire à l'agent :

— La récompense doit être versée à Maria Lopez, 1394, rue Martin, appartement 1B. Au revoir, monsieur l'agent.

Julie raccroche et, les jambes flageolantes, s'appuie à la paroi de la cabine téléphonique.

— Merci Julie, dit Jim d'une voix faible. Tu es quelqu'un de bien. Tes parents peuvent vraiment être fiers de toi.

En se rappelant tout à coup l'existence de ses parents, Julie se précipite hors de la cabine, prise de panique.

— Eh bien, ils ne le seront pas si l'école leur a déjà téléphoné pour connaître la raison de mon absence. Il faut vraiment que j'y aille, dit-elle.

— Moi aussi, fillette. Je crois que mon temps est presque écoulé.

— Alors... bonne chance...

« Quel truc incroyablement stupide à dire! » pense Julie. Puis elle se met à courir. Elle aura tout le temps de réfléchir une fois arrivée à l'école.

En rentrant en classe, Julie a décidé de raconter une version acceptable de la vérité. Alors que M. Fortin tourne les yeux vers elle en attendant manifestement une explication, elle précise qu'elle s'est arrêtée pour observer ce qui se passait à la banque et qu'elle en a perdu la notion du temps.

Le professeur la sermonne en pestant contre ce fléau que constituent les retards, puis lui lance du même souffle :

— Et je suppose que vous avez aussi perdu la notion de votre sujet en vue de l'expo-sciences?

— Non, j'ai mon sujet!

— Ah bon. Et de quoi s'agit-il? De la façon d'enquêter sur les vols de banque en trois leçons faciles?

Certains élèves ricanent.

— Non... Il s'agit de découvrir pourquoi le rideau de douche a tendance à se coller à nous quand le jet d'eau se met à couler.

Les ricanements se multiplient.

— Que me racontez-vous là? Vous êtes déjà sur la corde raide, Mlle Sharma. À votre place, je m'abstiendrais de faire des blagues.

— Ce ne sont pas des blagues, M. Fortin.

Julie entend alors un léger chuchotement.

— La fenêtre, fillette. Regarde. Vite!

« Oh non, se dit Julie. Je n'en peux plus. »

— Dépêche-toi, fillette. Je n'ai plus beaucoup de temps.

Julie se tourne vers les fenêtres ouvertes bordant l'un des murs de la classe. D'informes tentures bleues pendent mollement devant chacune d'elles. Soudain, les tentures couvrant l'une des fenêtres se mettent à s'agiter comme si elles étaient aspirées vers l'extérieur.

Julie pointe le doigt vers la fenêtre :

— Vous voyez. Exactement de cette façon!

— Ouais. Comment ça se fait? s'écrie Rachel McKenzie.

— Eh bien, je suppose que Julie va le découvrir et qu'elle

nous l'expliquera, dit M. Fortin. Mais je me demande pourquoi ça ne s'est produit qu'à une fenêtre...

— C'est sans doute une brise qui passait par hasard, suppose Julie en regardant les tentures retomber en place.

Les voilà de nouveau complètement immobiles.

« Merci Jim, pense-t-elle. Au revoir. »

LE NUMÉRO CHANCEUX

« Je ne peux pas croire que je vais faire ça », songe Martin en soulevant le petit couvercle de plastique marqué du chiffre 1. L'odeur de l'huile lui monte instantanément aux narines. Au moins, les couleurs n'ont pas séché. Il trempe la fine pointe du pinceau dans la peinture bleu foncé et l'agite avec soin. Puis il essuie délicatement les poils sur le bord du petit pot et tient le pinceau un instant au-dessus du labyrinthe de lignes bleu pâle qui couvre la toile blanche.

— On dirait que tu as fini par gagner, grand-maman, marmonne-t-il en maintenant fermement le pinceau.

Martin remplit la première forme irrégulière marquée d'un minuscule chiffre 1. La peinture déborde un peu; il devra faire attention de ne pas trop en mettre la prochaine fois. Décidément, il ne terminera pas cette toile de sitôt!

« Bof, et puis après! J'ai du temps à revendre, à présent », se dit-il en étalant la couleur sur une autre partie portant le numéro 1.

Martin peut déjà entendre Mme Savard lui demander, le jour de la rentrée scolaire :

— Et toi, Martin, qu'est-ce que tu as fait cet été?

— J'ai fait de la peinture par numéros. C'était génial!

Martin grimace en pensant au malheur qui l'a frappé. La douleur qu'il ressentait au mollet droit n'est plus qu'un faible élancement, nettement moins intense que la veille. Mais la blessure lui fait encore très mal.

Il voudrait tant pouvoir effacer ces quelques instants de l'après-midi d'hier!

Si seulement il s'était contenté de rester dans l'espace réservé à la baignade, que le propriétaire de l'auberge avait clairement délimité à l'aide d'un câble. Si seulement il n'avait pas joué les champions en plongeant sous le câble pour nager jusqu'aux rochers. Si seulement il avait fait attention en grimpant sur les pierres gluantes et couvertes de mousse au lieu d'agiter la main en direction des autres enfants qui l'observaient, bien en sécurité dans la zone de baignade.

Si seulement... il n'aurait pas glissé et il aurait évité ces 16 points de suture à la jambe. Et aujourd'hui, il serait sans doute en train de faire ce dont il avait vraiment envie : la descente en eau vive.

Ses parents ont proposé de rester avec lui pour lui tenir compagnie, mais Martin savait combien ils avaient hâte de faire cette excursion. Il en rêvait lui-même depuis deux mois!

Il leur a donc affirmé qu'il serait très bien seul au chalet et les a convaincus de partir sans lui.

Avant leur départ, ses parents ont rempli le frigo de boissons gazeuses et de sandwiches.

« Au cas où tu aurais trop mal pour te rendre à la cafétéria », a précisé sa mère en ajoutant deux sacs de croustilles de maïs à la pile déjà impressionnante de friandises posées sur le vieux bahut.

« Et s'il y a quoi que ce soit, passe donc un coup de fil à M. Dupuis, a ajouté son père. Il nous a assuré tantôt qu'il se ferait un plaisir de t'aider. »

« Papa, son bureau est juste là, a répondu Martin en montrant la fenêtre du doigt. M. Dupuis pourrait probablement m'entendre, même si je ne faisais que chuchoter. Ne t'inquiète pas. »

Mais, pour faire plaisir à son père, Martin lui a promis de signaler le moindre problème au propriétaire de l'auberge. « Bon, c'est l'heure, a-t-il ajouté. Voilà la fourgonnette. Tout va bien se passer; je ne suis plus un bébé. Ne vous en faites pas! »

Finalement, ses parents sont partis. De la porte du chalet, Martin leur a fait des signes de la main jusqu'à ce que la fourgonnette disparaisse.

Mais de retour à l'intérieur, il n'arrivait pas à tenir en place. Impossible de se détendre. Il a bien essayé de lire, mais la vieille bande dessinée sur laquelle il est tombé ne l'a pas captivé. À la radio, il n'a rien pu capter d'autre qu'une émission sur la rénovation de maisons.

C'est en allongeant le bras pour éteindre la radio qu'il a aperçu la boîte par terre. Sa grand-mère la lui avait remise trois jours auparavant, alors qu'il s'apprêtait à partir en vacances avec ses parents.

« Ton grand-père aimerait que tu emportes ceci, avait-elle déclaré en lui tendant la boîte. C'était à lui, mais il n'a jamais eu l'occasion de s'en servir. »

Le regard absent, elle avait fait une légère pause avant d'ajouter : « L'image sur la boîte semble avoir disparu, mais tout le reste est en parfait état. Tu sais, ton grand-père adorait la peinture par numéros. C'est ainsi qu'il a peint les deux tableaux suspendus dans ma chambre. Pendant que je les regardais, hier soir, il m'a dit que tu aurais besoin de cette boîte pendant tes vacances. Amuse-toi bien et rapporte-moi un joli tableau. Je l'accrocherai aussi à mon mur. »

« Euh, je serai beaucoup trop occupé, grand-maman, avait protesté faiblement Martin. Tu devrais peut-être garder la boîte ici pour ne pas qu'elle s'abîme. »

Mais, devant l'insistance de sa grand-mère, Martin avait, à contrecœur, emporté la boîte dans ses bagages. Pour éviter de la blesser, il n'avait pas osé lui dire carrément qu'il ne comptait surtout pas passer ses vacances à faire de la peinture par numéros.

En outre, depuis que sa grand-mère a emménagé chez eux il y a un an, Martin a appris qu'il ne sert à rien d'essayer de comprendre certaines des choses qu'elle dit à propos de son mari. Martin trouve inquiétant que sa grand-mère puisse croire qu'un défunt lui parle de temps à autre, mais il sait à quel point elle se sent seule. Comme le dit toujours son père, ces étranges conversations lui permettent probablement de s'habituer à l'absence de son mari.

« Les liens de l'amour sont très puissants, a tâché de lui expliquer son père. En particulier après 40 ans de vie commune. Elle les ressent toujours, voilà tout. »

Martin interrompt cette réflexion et regarde sa toile. Il s'étonne de voir tous les espaces qu'il a remplis pendant que son esprit vagabondait.

De toute évidence, la partie supérieure est surtout composée de bleu foncé. C'est sans doute le ciel. Il regrette tout à coup de ne pas pouvoir regarder l'image qui était autrefois collée sur la boîte. Ce serait tout de même chouette de savoir ce qu'il peint.

Il décide de passer à une autre couleur. Il ne pourra bientôt plus appuyer la main sur la toile sans se tacher de peinture bleue. Il est évident que la peinture à l'huile sèche moins rapidement que l'aquarelle.

« Je ferais peut-être mieux de laisser la peinture sécher un peu et d'y revenir plus tard », se dit-il en refermant le couvercle du pot numéro 1. Mais, alors qu'il nettoie son pinceau sur un essuie-tout, il constate avec étonnement qu'il veut continuer à peindre.

Il examine avec soin la partie inférieure de la toile et décide d'ouvrir le pot vert, le numéro 8. Le bas de la toile est parsemé d'une quantité de petites sections portant ce numéro, qu'il peut remplir tout en appuyant la main sur la table.

Cette fois, Martin trempe à peine l'extrémité du pinceau dans la peinture. De cette façon, la pointe demeure fine et absorbe juste assez de vert pour couvrir les formes sans déborder.

Il réalise soudain qu'il est en train d'acquérir le coup de main pour la peinture par numéros. Cette pensée le laisse à la fois satisfait et un peu gêné : satisfait, parce qu'il peint de mieux en mieux, mais gêné de constater qu'une activité aussi ridicule l'amuse autant. Pourtant, il a beau essayer, il n'arrive pas à se convaincre d'arrêter.

Martin travaille depuis un bon moment lorsque le bruit de lourdes bottes sur les marches du chalet vient interrompre sa concentration. En levant la tête, il aperçoit M. Dupuis qui s'apprête à frapper à la porte moustiquaire.

— Bonjour, monsieur Dupuis, dit-il en s'écartant rapidement de la table.

Martin se rend compte, tout à coup, à quel point sa blessure le fait encore souffrir. Penché sur sa toile, il n'y pensait plus, mais à présent qu'il cherche à se lever, une douleur lancinante remonte le long de sa jambe.

Malgré tout, il tient absolument à se rendre jusqu'à la porte pour accueillir M. Dupuis. Pas question de laisser qui que ce soit découvrir ce qu'il est en train de faire.

— C'est encore douloureux? demande M. Dupuis lorsqu'il voit Martin se diriger vers lui en boitant.

— Un peu, répond Martin, mais surtout quand j'essaie de m'appuyer sur ma jambe.

— Eh bien, tes parents m'ont demandé de prendre de tes nouvelles, alors me voici. Si tu veux, je peux t'aider à te rendre à la cafétéria pour dîner. Qu'en penses-tu?

L'heure du dîner? Déjà? Martin n'en revient pas!

— Ou préfères-tu venir t'asseoir sur le quai pour pêcher?

— Merci beaucoup, monsieur Dupuis, mais tout va très bien, je vous assure. J'ai des tas de choses à manger et aussi des trucs à lire. Je crois que je vais rester ici encore un moment. Mais je sortirai peut-être plus tard cet après-midi, d'accord?

— C'est comme tu veux, mon garçon. Et fais-moi signe si tu as besoin d'un coup de main.

— Oui, oui, c'est promis. Merci encore.

Martin suit des yeux M. Dupuis qui retourne vers son bureau d'un pas rapide. Le soleil de midi danse sur le lac, et les vacanciers ont pris d'assaut les tables de pique-nique installées sous les arbres.

« Mais pourquoi est-ce que je m'enferme à l'intérieur? » se demande Martin. La réponse qui lui vient à l'esprit le met mal à l'aise alors qu'il regagne péniblement la table. « Parce que je dois faire de la peinture. »

Cette pensée le dérange, mais lorsqu'il pose de nouveau les yeux sur la toile, il se sent encore plus troublé. Il ne s'était pas rendu compte qu'il en avait achevé une aussi grande partie! Il n'a que le vague souvenir d'avoir ouvert le pot vert pâle, puis le brun orangé, le noir et le bleu pâle, et ne se rappelle pas du tout avoir utilisé le blanc crème pour donner forme aux bouillons d'une eau manifestement très agitée.

Certaines zones de l'image commencent en fait à apparaître plus clairement et elles sont très réussies. Toutes les petites sections semblent peu à peu s'agencer comme les morceaux d'un casse-tête. L'effet est plutôt impressionnant. Mais il y a quelque chose d'inquiétant aussi. On dirait que les formes vides réclament la couleur qui les transformera en arbres, en fleurs, en eau, en nuages ou en ciel.

Martin a faim et il est fatigué. De plus, sa jambe lui fait mal. Il aimerait s'arrêter un moment, mais quelque chose l'en empêche : le sentiment qu'il doit terminer la toile aussi rapidement que possible.

Sa main tremble légèrement lorsqu'il trempe le pinceau dans le pot numéro 12, le gris foncé. Curieux de voir ce que cette couleur va révéler, il se met à l'appliquer méthodiquement sur les nombreuses petites formes marquées d'un 12, à gauche de la toile. On dirait des rochers qui pointent hors de l'eau.

« Ça y est, j'ai trouvé! Ce sont des rapides! » Satisfait d'avoir trouvé, il accélère le rythme, pressé de peindre les abords de la rivière tumultueuse qu'il distingue petit à petit.

Plus Martin hâte la cadence, plus la peinture semble sécher rapidement. Il ne se préoccupe plus des bavures comme il le faisait ce matin. Et cette fois encore, il peint machinalement, à peine conscient de ses gestes.

Il remarque cependant qu'au fur et à mesure que les détails s'affinent, que les bandes marron forment en fait de grands pins, que les traits noirs illustrent l'écorce de bouleaux chétifs et que les carrés gris foncé représentent des bardeaux de cèdre usés par les intempéries, qui recouvrent une cabane bâtie à flanc de montagne. De plus en plus, il a l'impression, non pas de remplir des petites sections numérotées, mais de peindre une véritable toile.

Pour la première fois, Martin jette un coup d'œil à sa montre. Déjà 17 heures! La journée a filé! Il se demande vaguement pourquoi ses parents ne sont pas encore de retour. Puis il se rend compte qu'il a mal à la tête. Sa gorge est complètement sèche et ses doigts refusent de se plier. Sans parler de ces douloureuses et incessantes pulsations qu'il ressent dans la jambe.

Sa blessure commence à l'inquiéter. Serait-elle infectée? Le médecin l'a prévenu qu'il fallait être prudent à ce sujet. Et si sa gorge sèche et son mal de tête étaient dus à la fièvre? Une fièvre qui serait causée par le poison provenant de la plaie et se répandant dans tout son corps...

Puis soudain, tout s'éclaire. Oui, une fièvre brûle en lui... et elle n'est pas due à l'infection, mais à la peur. Secoué par un frisson, Martin comprend que l'objet de sa peur se trouve devant lui : la toile!

Sa main se met à trembler encore plus et sa vue se brouille. Il pose le pinceau et se frotte les yeux. Puis il examine de nouveau le tableau. Celui-ci a quelque chose d'obsédant et de familier.

Martin s'efforce de se concentrer sur la scène. Lentement, l'impression d'avoir déjà vu cet endroit se précise en lui. Mais où l'a-t-il vu? Et quelle importance cela peut-il avoir?

Aussi absurde que cela puisse paraître, ce lieu est important, le jeune garçon en est sûr. Il doit absolument le reconnaître. Se rappelant que les tableaux suspendus dans la chambre de sa grand-mère semblent plus clairs si on les observe d'une certaine distance, Martin s'éloigne de la table. En grimaçant de douleur, il s'appuie sur le bahut et examine de nouveau la toile. « Réfléchis! s'ordonne-t-il. Réfléchis! »

Ce qu'il découvre le remplit d'effroi. Il s'agit - Martin en est presque sûr - d'une vue de la rivière que ses parents et lui ont longée en voiture, le dimanche précédent. Comme ils avaient déjà réservé leurs places pour la descente en eau vive, son père avait suggéré d'emprunter la route en lacets qui longe la rivière afin de repérer l'endroit où devait se dérouler leur aventure en radeau.

Martin et ses parents se sont arrêtés à plusieurs reprises pour observer des radeaux ballottés par les eaux tumultueuses. Le long du parcours, Martin a remarqué une cabane entourée de quatre grands arbres.

Cette scène reprend forme dans sa tête à la manière d'une photo polaroïd qui se développe peu à peu. D'abord, il se rappelle la cabane et les pins, puis le bosquet de bouleaux blancs, les bardeaux de cèdre, les trois gros rochers au bord de la rivière et le virage en épingle à cheveux juste avant les rapides. Il vient de reconstituer grâce à sa mémoire un aperçu de la réalité qui correspond en tous points à la peinture.

Son cœur se serre. De nouvelles craintes lui viennent à l'esprit et l'obligent à imaginer l'inimaginable : la peinture s'apprête à lui révéler un terrible secret... dissimulé dans les dernières formes qu'il lui reste à peindre.

Martin s'installe de nouveau à la table. Ses doigts raides et engourdis ont peine à soulever le couvercle des deux contenants de peinture qu'il n'a pas encore utilisés - l'orange flamboyant et le bleu royal.

D'une main hésitante, il agite chacune des couleurs. Puis il s'efforce de tremper le pinceau dans la peinture orange et de l'étendre sur les quatre petites formes portant le numéro 19. Il essuie son pinceau et l'approche, cette fois, de l'autre contenant. Pour la dernière fois, il plonge la pointe dans la peinture et recouvre lentement de bleu les deux bandes qui séparent les petites sections orange.

Une fois ces dernières touches de bleu appliquées, le secret se dévoile. Martin a d'abord cru distinguer un tronc d'arbre émergeant de l'eau, mais le détail de l'image lui apparaît maintenant : la partie supérieure d'un corps gît sur le tronc d'arbre. Le gilet de sauvetage orange et bleu se dessine clairement, tout comme le reflet d'une jambe flottant juste sous la surface de l'eau.

Au moment même où une affreuse certitude s'abat sur Martin, M. Dupuis ouvre la porte moustiquaire. En voyant son visage, Martin sait qu'il ne se trompe pas. Un événement terrible vient de se produire.

— Que s'est-il passé? S'il vous plaît, dites-le-moi! crie Martin hors de lui.

Le propriétaire de l'auberge paraît décontenancé, l'espace d'un instant.

— Dites-le-moi! insiste Martin en s'appuyant sur la table pour se lever. Où sont mes parents?

— Calme-toi, mon garçon, ou tes points de suture vont finir

par sauter, dit M. Dupuis en se précipitant vers Martin. Tiens, appuie-toi sur mon bras et allons nous asseoir un peu.

— Je ne veux pas m'asseoir, réplique Martin d'une voix blanche. Je veux seulement savoir où sont ma mère et mon père.

— Ta mère est hors de danger, Martin. Le gardien du parc vient de téléphoner. Elle va bien, tu n'as pas à t'inquiéter à son sujet.

— Et mon père?

M. Dupuis lui répond d'une voix douce :

— Il y a eu un accident, mon garçon. Il semble que le radeau ait basculé en attaquant la deuxième série de rapides. Tout se serait bien passé si le guide ne s'était pas assommé. Comme il était évanoui, les passagers ont dû se débrouiller seuls. Ils s'en sont bien tirés tout de même. Ils ont réussi à ramener le guide à la rive. Mais...

M. Dupuis s'arrête un instant pour rassembler ses esprits. Il avale sa salive, inspire profondément, puis poursuit :

— ... mais ils n'ont pas pu retrouver ton père, mon garçon. Il a... disparu. La rivière a dû l'emporter.

Martin se met à trembler.

— Écoute-moi, mon garçon. Ils ont appelé du secours. Les hélicoptères devraient arriver d'un instant à l'autre, et il reste encore au moins deux heures de clarté. Les autres passengers du radeau ont déjà entrepris les recherches. Alors, ne va pas t'imaginer le pire, parce que...

— Mais je sais où il est! l'interrompt Martin.

— Voyons, voyons, mon garçon. Écoute-moi...

— Non, c'est vous qui devez m'écouter! Je sais où il est. Attendez!

Martin soulève la toile et montre du doigt le gilet de sauvetage.

— Regardez!

M. Dupuis se penche sur la toile pour l'examiner.

— Non, n'approchez pas trop, ordonne Martin. Tenez, dit-il en reculant de deux pas. Regardez de nouveau, maintenant.

M. Dupuis observe. Soudain, il écarquille les yeux.

— Hé, c'est la cabane du vieux Joseph, près du coude de la Truite! Où as-tu trouvé ça?

Martin est dans tous ses états. Impossible d'expliquer quoi que ce soit. Il perdrait trop de temps.

— Ça n'a pas d'importance, pour l'instant. Je vous en prie, monsieur Dupuis. Je sais où est mon père et il faut aller le secourir.

— Eh bien, dit M. Dupuis, je ne suis pas sûr que tout ça ait du sens, mais... d'accord. Ça ne fera de mal à personne. Rendons-nous en camion jusqu'au coude de la Truite, si ça peut te rassurer.

Martin boite vers la porte aussi vite qu'il peut.

— Dépêchez-vous, monsieur Dupuis, implore-t-il en tirant le propriétaire de l'auberge derrière lui.

Quinze minutes plus tard, M. Dupuis ramène le père de Martin jusqu'à la rive où le garçon est assis et se tient la jambe. Martin a glissé en essayant de descendre la colline pour se diriger vers le gilet de sauvetage orange vif qu'ils ont aperçu du camion, et sa jambe s'est remise à saigner.

Mais il ne sent pas la douleur. Depuis l'instant où M. Dupuis s'est exclamé « Ton père respire, mon garçon! Il respire! », Martin ne ressent qu'un incroyable soulagement. De plus, il a une forte envie de crier vers le sommet des grands arbres : « Je t'ai entendu, moi aussi, grand-papa. Je t'ai entendu! »

LE CORBEAU

Bruno ne l'aurait jamais admis devant la plupart de ses camarades, mais il aimait vraiment fréquenter la bibliothèque. Cela valait mieux que de rester coincé à la maison avec une gardienne pendant que sa mère assistait à ses cours du soir.

La bibliothèque lui rappelait de bons souvenirs : l'heure du conte, le samedi matin, et les spectacles de marionnettes quand il était petit. Et il avait toujours hâte de voir quelles nouveautés s'aligneraient sur le présentoir des livres de poche.

Durant l'une de ses visites, il avait déniché un roman de Gordon Korman, puis un autre soir, il avait fait la découverte de Daniel Pinkwater, un auteur dont il adorait aussi les histoires. Il trouvait également le temps de faire tous ses devoirs.

Et puis, il aimait bien l'endroit. Ses hauts plafonds, ses boiseries foncées et ses banquettes garnies de coussins le long des fenêtres lui faisaient penser aux châteaux ou aux manoirs qu'on voyait au cinéma.

Mais ça, c'était avant l'oiseau – l'oiseau qui a tout gâché.

Ce soir-là, dès son arrivée, Bruno l'aperçoit. Il trône sur un haut perchoir installé juste à l'entrée de la section réservée aux enfants.

« Qu'est-ce que c'est que ça? se demande-t-il. Un nouvel agent de sécurité prêt à s'abattre sur les voleurs de livres? » Mais en s'approchant du volatile, il constate que ce dernier n'est plus en mesure d'exercer la moindre surveillance depuis longtemps.

Il est énorme. Et il semble encore plus impressionnant sur cette branche qui lui sert de perchoir. Ses plumes noires et hérissées ont perdu leur éclat et ses doigts gris ardoise aux longues griffes crochues paraissent secs et fragiles. L'une des plumes raides de ses ailes est repliée à son extrémité et forme un angle étrange. Mais le fin duvet qui recouvre la tête de l'oiseau a l'air doux et soyeux, et son bec légèrement entrouvert semble sur le point de pousser un cri perçant.

Ce sont toutefois ses yeux jaunes et vifs qui inquiètent le plus Bruno. Il a l'impression d'y voir briller une lueur sinistre. Le jeune garçon fixe les yeux de l'oiseau en se faufilant dans la salle, et il sent qu'ils le fixent également, froids et menaçants.

« Il est affreux », se dit Bruno en se glissant sur une chaise et en posant son cahier de composition sur la table devant lui. Il doit composer le troisième vers d'un poème à remettre le lendemain.

« Et si j'écrivais : "Méchant corbeau, disparais, écrasé par une Chevrolet"? » songe-t-il en jetant un nouveau regard furtif vers la sinistre sentinelle. Il a l'impression que les yeux jaunes épient chacun de ses mouvements.

« Va donc faire de la lecture ou voir ailleurs si j'y suis! » pense Bruno en se remettant au travail.

Avant même que Mme Marion, la bibliothécaire, ait eu le temps d'ouvrir la bouche, Bruno sent sa présence derrière lui.

— Alors, tu fais de la poésie, ce soir? demande-t-elle.

Puis elle sourit et montre l'oiseau du doigt :

— Je suis sûre que, grâce à lui, tu vas écrire un très beau poème.

Bruno fronce les sourcils. De quoi diable, Mme Marion veut-elle parler?

— Tu sais, il a déjà aidé un grand écrivain, dit la bibliothécaire. Du moins, nous pensons qu'il s'agit de cet oiseau. Les recherches ne sont pas encore tout à fait terminées, alors nous n'en sommes pas absolument certains, mais il semble que cet animal empaillé ait autrefois partagé la chambre d'Edgar Allan Poe. C'est l'antiquaire, qui se trouve au coin de la rue Peckford, M. Herzig, qui a découvert tout ça. Lorsqu'il a proposé de le prêter à la bibliothèque, nous avons été ravis.

Devant le regard interrogateur de Bruno, Mme Marion s'interrompt.

— Est-ce que tu as déjà entendu parler d'Edgar Poe?

Bruno reconnaît tout à coup ce nom.

— Ah oui! dit-il. Poe. Il a fait des films d'horreur, n'est-ce pas? Par exemple, celui dans lequel un gars enterre accidentellement sa sœur vivante dans une tombe à l'intérieur de la maison. Elle finit par s'en sortir, et quand le gars la voit devant lui couverte de sang, il devient fou; et tous les deux tombent raides morts et leur manoir s'écroule sur eux. C'est lui qui a fait ce film, pas vrai?

Mme Marion sourit :

— Ça ressemble assez à La Chute de la maison Usher.

— Oui! C'est celui-là! Les effets spéciaux sont très réussis pour un vieux film. Je l'ai vu deux fois. Il est plutôt effrayant, non?

— Tu as sûrement raison. Je n'ai pas vu le film, mais j'ai lu l'histoire et je m'en souviens très bien. Edgar Allan Poe l'a écrite il y a plus de 150 ans.

Bruno se sent ridicule :

— Oh! ça veut dire qu'il n'a pas pu faire le film, hein?

— Non, mais il a écrit des histoires plutôt terrifiantes à partir desquelles d'autres ont tourné des films. Je suis même certaine qu'il existe une version cinématographique de La Chambre des tortures.

— Ah oui, ça, c'était dégueu! s'exclame Bruno avec animation. Il y avait tous ces rats et la hache qui se balançait au-dessus de la tête du gars et les murs qui rétrécissaient autour de lui!

— Je constate que tu connais Poe.

— Oui, mais je n'ai jamais lu ses livres.

— Et tu ne les aimerais sans doute pas tellement, pour l'instant. L'écriture est très ancienne et il y a beaucoup de descriptions, alors que toi, tu préfères sûrement les histoires remplies d'action, pas vrai?

Bruno fait un signe de tête affirmatif.

— Mais Edgar Poe a écrit de la poésie aussi, ajoute Mme Marion.

— De la Poe-ésie! plaisante Bruno.

Mme Marion s'amuse elle aussi du jeu de mots.

— Pourtant, la plupart de ses poèmes ne sont pas drôles, surtout celui qui porte sur cet oiseau, dit-elle en montrant le corbeau du doigt.

« Pas étonnant, se dit Bruno en regardant l'énorme volatile noir. Il n'a rien de drôle. Il est horrible. »

Les ailes repliées le long de son corps et la tête inclinée sur le côté, l'oiseau semble écouter la conversation. Pendant un moment, Bruno reste cloué sur place, saisi par le regard malveillant que lui jettent les yeux jaunes et froids de la créature.

La voix de Mme Marion met fin au supplice.

— Le poème porte sur un homme qui est affreusement triste et solitaire parce que l'amour de sa vie, Lénore, est morte. Un soir, alors qu'il est seul dans sa chambre, il entend frapper à la porte et à la fenêtre, mais ne trouve personne... Finalement, il ouvre la fenêtre et un gros oiseau noir entre, puis vient se percher au-dessus de la porte. L'homme est d'abord content d'avoir de la compagnie. Mais le corbeau finit par l'énerver parce qu'il répète sans arrêt les mêmes mots.

Bruno frissonne. Il ne veut pas en entendre davantage. Mais Mme Marion continue son récit :

— M. Herzig dit que, selon toutes les preuves qu'il a recueillies jusqu'à présent, cet oiseau empaillé serait bien

celui qui se trouvait dans la chambre meublée dont Poe était locataire lorsqu'il a écrit ce poème sur Lénore. Le fait de regarder constamment l'animal l'aurait apparemment inspiré. Ah! que tout ça est passionnant! Tu ne trouves pas?

Heureusement, Bruno n'a pas l'occasion de répondre. Juste à cet instant, M. Poirier arrive du comptoir de référence pour demander de l'aide à Mme Marion.

Ce soir-là, la présence menaçante du corbeau distrait Bruno à tel point qu'il change de place à trois reprises. Mais peu importe l'endroit où il s'installe, l'oiseau semble l'observer.

Au bout d'un moment, il s'assoit volontairement de manière à lui tourner le dos, mais c'est pire encore. Même s'il ne les voit pas, il sent les yeux jaunes et perçants braqués sur sa nuque. Quoi qu'il fasse, Bruno ne peut s'empêcher de penser qu'il y a quelque chose de surnaturel à propos de cet oiseau et il en a la chair de poule.

Le mardi suivant, lorsqu'il arrive à la bibliothèque, il se dirige tout de suite vers les coussins, en face de l'aquarium. Il passe près de l'oiseau en gardant la tête baissée pour éviter de le regarder. Il s'enfonce dans les coussins et se détend en suivant des yeux le poisson-ange qui glisse entre les plantes aquatiques.

« Il ne me trouvera pas ici! » chuchote Bruno, triomphant.

Il ouvre son livre et se laisse absorber par l'histoire.

Mais il s'est réjoui trop vite. Quand il lève les yeux, une ombre noire se reflète sur le verre de l'aquarium. Pas de doute, c'est encore cet oiseau de malheur.

« Impossible, se dit Bruno. Il est trop loin et dans le mauvais angle. » Le garçon ferme les yeux, puis regarde de nouveau. L'image de l'oiseau ne s'est pas effacée.

Il se dégage tant bien que mal des coussins et va s'installer près de la fenêtre, de l'autre côté de la salle.

Il trébuche et fait basculer une chaise en passant.

Mme Marion fronce un sourcil en guise d'avertissement.

« Oups! » chuchote-t-il. Du coin de l'œil, il jette un regard furtif à l'oiseau et constate avec soulagement qu'il tourne la tête dans la direction opposée. Mais son répit est de courte durée.

Comme pour apprivoiser sa crainte, Bruno surveille constamment le corbeau. Après un moment, il remarque qu'il aperçoit une partie de l'œil droit du volatile. Peu de temps après, il voit l'œil complet. Puis les deux yeux jaunes apparaissent. Lentement mais sûrement, l'oiseau a tourné la tête. Dans son regard, Bruno sent comme une menace qui lui glace le sang.

Il se retourne prestement et cligne des yeux à plusieurs reprises. Lorsqu'il observe de nouveau le corbeau, l'extrémité de ses ailes frémit et se soulève de façon quasi imperceptible. « Il essaie de voler, se dit Bruno. Mais il ne peut pas. Il est mort. »

Un cri strident se fait alors entendre. C'en est trop pour Bruno. Il colle ses mains contre ses oreilles et se recroqueville sur la banquette de la fenêtre, certain que des serres vont bientôt s'enfoncer dans son cou.

Mais c'est plutôt une main qui lui prend le bras, et il entend Mme Marion lui dire :

— N'aie pas peur, ce n'est que l'alarme d'incendie. Reste calme et marche avec moi jusqu'à la sortie. Viens, il faut y aller.

Bruno se relève péniblement et se trouve ridicule. Puis l'odeur de la fumée lui parvient. Il saisit son sac à dos et suit la bibliothécaire et les autres enfants qu'elle conduit jusqu'à la porte principale.

En passant près du perchoir, Bruno ne peut résister à l'envie de jeter un coup d'œil à l'oiseau. Ce qu'il voit le cloue sur place.

Le corbeau ne le fixe plus. Ses yeux se tournent d'un côté à l'autre, ses ailes frémissent et son bec s'ouvre et se ferme comme s'il cherchait à parler.

— Mme Marion! Regardez! s'écrie Bruno en montrant le corbeau du doigt.

— Quoi? Il reste quelqu'un derrière? Où?

— Là! dit Bruno en montrant l'oiseau.

— Oh, Bruno, ce n'est pas le moment de s'inquiéter de lui. Il faut partir, allez, viens!

Alors que Mme Marion l'entraîne vers la sortie, il entend un cri étouffé. Sans arrêt et jusqu'à la porte, le son se détache faiblement du vacarme. C'est la voix de l'oiseau, il en est sûr. Et toujours, ce cri semble formuler les mêmes mots : « jamais plus ».

Un mois plus tard, la bibliothèque ouvre de nouveau ses portes. L'incendie n'a pas fait trop de dégâts. Il n'a touché que la zone comprise entre le comptoir principal et l'entrée de la section jeunesse. Bruno hésite à y retourner, mais il en a plus qu'assez de Mme Blanchette, la gardienne que sa mère a trouvé pour s'occuper de lui. Alors, deux jours après la réouverture de l'établissement, le voilà de retour.

En entrant, il remarque d'abord la moquette toute neuve. Le vieux comptoir de chêne qui se trouvait à l'accueil a disparu. On l'a remplacé par un meuble blanc et brillant, en forme de « U ».

Et à droite, près de l'entrée de la section jeunesse, là où se trouvait le perchoir, se dresse maintenant un imposant présentoir rempli de livres de poche. Bruno passe en revue tout le rez-de-chaussée. L'oiseau reste introuvable.

Avec un soupir de soulagement, il se dirige vers la grande table. Il s'installe, sort son manuel d'histoire et s'apprête à étudier pour le test du lendemain.

Mais malgré ses efforts, il n'arrive pas à se concentrer. Il lève la tête de temps à autre, comme pour s'assurer que le corbeau a vraiment disparu. « Bon débarras! » se dit-il.

Pourtant, l'image de l'oiseau le hante. Il revoit ses yeux perçants, ses ailes frémissantes, son bec grand ouvert... et il entend encore cet horrible cri.

Mme Marion vient s'asseoir près de lui.

— Nous avons perdu l'oiseau dans l'incendie, dit-elle, comme si elle lisait dans ses pensées. J'étais triste de devoir le laisser derrière nous... et encore plus d'avoir à expliquer à M. Herzig ce qui s'était passé. Heureusement, il n'était vraiment pas aussi ennuyé que je le craignais.

— Ah non? Pourquoi? interroge Bruno.

— Eh bien, finalement, il ne s'agissait pas du corbeau de Poe, à ce qu'il semble. M. Herzig était terriblement déçu. Après avoir étudié toutes les preuves, il a dû admettre qu'il faisait erreur. L'oiseau n'était qu'un vieux corbeau empaillé sans aucune valeur.

Bruno fronce les sourcils. Il n'en est pas si sûr.

— Et si M. Herzig avait raison? avance-t-il prudemment. Si les preuves n'étaient pas bonnes?

Mme Marion sourit avec indulgence.

— Non, Bruno. Je pense que c'est bien optimiste.

Au moment où Mme Marion se lève pour retourner à son travail, Bruno a une inspiration subite :

— Attendez! Pouvez-vous m'indiquer où se trouve ce poème dont vous m'avez parlé?

— Mais bien sûr. Viens avec moi.

Bruno suit la bibliothécaire qui longe les rangées de la section principale.

— Il doit se trouver là-dedans, dit-elle en saisissant un gros livre sur l'étagère. Tiens, le voilà : *Le Corbeau.*

Bruno emporte le livre, le pose sur sa table, puis s'empresse de l'ouvrir et de lire.

La première ligne n'est pas trop difficile : « Une fois, sur le minuit lugubre, tandis que je méditais, faible et fatigué... » Les mots sont compréhensibles et ont un son agréable. Mais après, tout se complique.

Bruno saisit le passage où quelqu'un frappe à la porte et la partie où il est question de Lénore, mais il a du mal à comprendre les autres vers, longs et décousus.

Frustré, il tourne la page. Le corbeau apparaît finalement à la septième strophe. Bruno s'obstine dans sa lecture : « lugubre » dit le poème. « Poe avait raison », se dit Bruno.

Puis son cœur fait un bond dans sa poitrine. Les mots se détachent à la fin de la strophe suivante. Bruno ouvre grand les yeux pour s'assurer qu'il les voit réellement.

Il parcourt d'un doigt tremblant les deux autres pages. Elles sont là, à la fin de chaque strophe, ces paroles que le corbeau ne cessait de répéter : « jamais plus ».

Mais soudain, les mots se brouillent et Bruno a une vision. Sa tête se met à tourner. Il aperçoit un homme assis à un bureau dans une pièce sombre et froide. Seules les cendres scintillantes d'un feu moribond jettent un peu de lumière.

L'homme écrit à une allure folle, le regard enflammé par la peur. Perché derrière lui, un gros oiseau noir hurle « jamais plus! »

— Bruno?

Bruno sursaute.

— Excuse-moi, dit Mme Marion. Je ne voulais pas te faire peur. Je me demandais seulement si tu avais trouvé ce que tu cherchais.

— Euh oui, merci! marmonne Bruno en lui remettant le livre. Je n'en aurai plus jamais besoin.

Plus jamais. Jamais plus. Pauvre Lénore. Les mots se bousculent dans sa tête. Pauvre Poe. Coincé dans une pièce avec cette... chose!

Et pauvre M. Herzig, aussi. Il ne saura jamais qu'il s'agissait bien du corbeau de Poe. Au fond, cela vaut peut-être mieux. Il aurait été trop déçu de sa disparition. « Mais moi, je ne suis pas déçu, pense Bruno en se levant pour partir. Je ne veux plus revoir cet oiseau. Jamais plus. »

LA FIN DE LA NEUVIÈME

Alex Fortin n'est pas un partisan ordinaire qui se contente d'encourager son équipe en espérant qu'elle gagne. Non. Il est persuadé qu'elle gagnera, mais à condition qu'il fasse, lui aussi, sa part du travail.

Alex n'a pas toujours été ainsi. À neuf ans, il aimait être simple spectateur et assister avec son père à quelques parties, coiffé de sa nouvelle casquette des Condors.

Ils grignotaient de gros sacs d'arachides, se levaient pour faire la vague, acclamaient bruyamment leur équipe chaque fois que la balle était frappée et chantaient avec la foule lorsque les airs les plus connus retentissaient dans les haut-parleurs.

L'année suivante a été encore plus chouette. Pour son dixième anniversaire, son père lui a fait une surprise : des billets pour cinq matches à domicile – et les meilleures places du stade, juste derrière le marbre.

Les Condors ont remporté les cinq parties, ajoutant ainsi au plaisir et à l'enthousiasme d'Alex. Envoûté, il a suivi chacune en surveillant le moindre mouvement des joueurs, curieux d'en apprendre le plus possible sur eux comme sur le jeu lui-même. Il a porté sa casquette à tous les matches et a agité le fanion cuivre et or des Condors qu'il avait acheté avec ses propres économies.

Alex a fixé le fanion au-dessus de son lit, à la place d'honneur, tout près d'une photo de l'équipe qu'il a soigneusement découpée dans le journal. Et chaque fois qu'il en a eu le temps, il a regardé les matches de son équipe préférée à la télé.

Les Condors ont connu une excellente saison. Ils ont terminé au second rang de leur division. Mais ces bons résultats n'ont pas arrangé Alex. En effet, cette année, les partisans ont été plus nombreux à se procurer des billets de saison; du coup, il a été plus difficile pour Alex d'obtenir de bonnes places. De plus, les prix ont grimpé. Au printemps, Alex et son père parviennent à assister à quatre matches, mais ils se trouvent perchés tout en haut des gradins, loin au-dessus du champ gauche. Et comme les Condors perdent chacune de ces quatre parties, Alex déclare à son père qu'il préfère ne plus aller au stade.

— Ce n'est pas très amusant, d'être assis la tête dans les nuages. On ne voit pas vraiment ce qui se passe sur le terrain, explique-t-il.

Évidemment, ce n'est pas faux. Mais Alex a une autre raison de ne plus vouloir aller au stade. Une raison qu'il ne veut pas révéler à son père. Il est persuadé que, lorsqu'il s'assoit derrière le marbre, les Condors gagnent, mais que, s'il se trouve loin dans les gradins, l'équipe perd. Le moins qu'il puisse faire est d'éviter de porter malchance à son équipe. Il compte donc regarder les matches à la télé et encourager les joueurs depuis la salle de séjour jusqu'à la fin de la saison. Si cette stratégie les aide à gagner, l'effort en vaut la peine, décide-t-il.

Mais certains jours, au début de l'été, Alex se demande si le prix de la victoire des Condors n'est pas un peu trop élevé. Fini, le plaisir de s'asseoir avec son père parmi des milliers d'autres partisans, de manger des arachides, de sentir le maïs soufflé, de faire la vague. Finis aussi, les nombreux après-midi qu'il aurait pu passer à jouer à la balle, à aller au cinéma ou à flâner avec ses amis. Chaque fois qu'il doit choisir entre ses camarades et une partie de baseball, il opte pour la partie. Au bout d'un certain temps, ses amis cessent de lui téléphoner.

Un jour, il invite quelques-uns d'entre eux à venir regarder la partie avec lui. C'est sa mère qui le lui a suggéré. Mais Raoul soutient les Alligators, Jason n'arrête pas de s'emparer de la télécommande et de changer de chaîne pour voir où en est la partie de lutte, et Nicolas taquine Alex au sujet de son fanion et des cartes des joueurs, qu'il a disposées sur une table basse dans l'ordre de la formation partante des Condors. Ce jour-là, les Alligators gagnent et Alex croit bien savoir pourquoi.

— Ils ont tout gâché, se lamente-t-il plus tard à sa mère.

— C'est vraiment ce que tu crois? Alors tu devrais peut-être te poser des questions sur toi-même, lui dit sèchement sa mère.

Puis elle quitte la salle de séjour et le laisse seul pour remettre la pièce en ordre.

« Qu'est-ce qu'il lui prend? » se demande Alex en redressant les coussins et en ramassant les cannettes vides. « Je n'ai rien fait. Ils ne comprennent pas et ma mère non plus. » La semaine suivante, il se rend compte que ni son père, ni son petit frère Ian ne comprennent non plus.

Le jeudi soir, il fait un temps splendide typique de la fin du mois de juillet. Sur la galerie arrière, la mère d'Alex s'affaire à gratter la peinture d'une vieille chaise de cuisine. Son père et Ian font une promenade à bicyclette. Alex a refusé de se joindre à eux. Il doit se préparer pour le match.

— Viens avec nous! Ça va être chouette! Nous serons rentrés avant le coucher du soleil, a dit son père. La partie de baseball peut attendre pour une fois, non?

— Oh non, pas pour Alex! s'empresse de claironner Ian. Il est fou de baseball!

— C'est faux!

— C'est vrai!

— Faux! C'est seulement que je ne veux pas avoir à me balader avec une espèce de petit morveux...

— Ça suffit, vous deux! interrompt M. Fortin en poussant Ian vers la porte.

« Bon débarras », se dit Alex en montant à l'étage pour aller chercher ses porte-bonheur. Il redescend coiffé de sa casquette des Condors et portant son fanion, un paquet de cartes de l'équipe et une affiche du puissant lanceur Billy Batista. L'affiche est un ajout de dernière minute, mais comme Batista a réussi un match parfait lors de son dernier passage au monticule, Alex est certain qu'elle lui portera chance.

La troisième manche tire à sa fin lorsque son père et Ian reviennent de leur promenade. Ils trouvent Alex en train d'agiter son fanion en criant : « Oui! Oui! Oui! »

— J'en déduis que ça ne va pas trop mal pour nous, dit M. Fortin en poussant un peu l'affiche de Batista pour s'asseoir sur le canapé près d'Alex.

— Ne déplace pas... Euh, je veux dire, pourrais-tu laisser les choses là où elles sont, s'il te plaît, papa? demande nerveusement Alex en replaçant vite l'affiche sur le coussin à côté de lui.

Puis il se met tout à coup à hurler :

— Je te défends d'y toucher, petit crétin!

Ian tendait le bras vers l'une des cartes placées sur la table basse. Il retire la main comme si on l'avait piqué.

— Désolé! dit-il d'une voix traînante. Je voulais seulement lire les chiffres de Klein.

— Ce ne sont pas des chiffres, idiot, ce sont des statistiques, réplique Alex. De toute façon, tu ne les comprendrais pas. Tu n'y connais rien.

— Ça suffit, Alex, dit froidement son père.

— Mais papa, Klein n'est pas encore arrivé au bâton, tente

d'expliquer Alex, sur la défensive. On ne peut pas toucher cette carte s'il n'est pas au bâton. Tiens, tu vois ce que Ian vient de faire? ajoute-t-il en pointant le doigt vers la télé. Tu vois? Klein vient d'être retiré. C'est Ian qui lui a porté malchance!

— Ian n'a rien fait, Alex. Mais je ne peux pas en dire autant de toi. Tu dois t'excuser.

Alex se sent coincé.

— Je m'excuse, grogne-t-il de mauvaise grâce.

M. Fortin soupire.

— Maintenant, les gars, que diriez-vous si on s'assoyait ensemble et si on regardait le reste de la partie?

— Tout à fait d'accord! lance Ian, qui s'installe d'un bond sur le canapé et se blottit contre son père.

M. Fortin tapote la place libre de l'autre côté :

— Il y a une place pour toi aussi, Alex.

Mais Alex ne tient pas à leur compagnie. « Je n'aurai aucun plaisir à regarder le match avec vous, se dit-il. Vous ne comprenez rien. Personne ne comprend rien. »

À voix haute, il dit poliment :

— Non merci.

Puis il ramasse ses cartes, reprend son affiche et se dirige vers le sous-sol. Sa mère ouvre la porte arrière juste au moment où il s'apprête à descendre l'escalier.

— Attends, Alex. Qu'est-ce que c'était que tous ces cris?

— Rien, marmonne Alex.

— C'était un rien bruyant, je trouve. Et où vas-tu avec tous ces trucs?

— Au sous-sol, regarder la partie sur la vieille télé de grand-papa. À moins que ce ne soit interdit!

— Oh, ce n'est pas interdit, mais ça ne me semble pas très agréable. Où sont ton père et Ian?

— Là-bas, dit Alex avec colère en montrant le séjour. Ils ont tout gâché! .

— Tiens, j'ai déjà entendu ces mots-là, mais où? Attends que je réfléchisse, dit Mme Fortin. Est-ce qu'un certain Alex n'a pas dit la même chose quand...

Mais elle ne termine pas sa phrase.

— Est-ce que je peux descendre, maintenant? l'interrompt Alex.

— Bien sûr, mais dis-moi : il me semble que quelque chose m'échappe. Je croyais que le baseball était censé être amusant. Pourtant, tu n'as pas l'air de t'amuser beaucoup, ces temps-ci, Alex.

— Je vais m'amuser dès que je pourrai regarder la suite du match, lance Alex d'une voix cinglante avant de descendre l'escalier.

Dans l'ensemble, le sous-sol n'a rien d'extraordinaire. Mais l'un des coins a été aménagé en aire de jeu. On y trouve un carré de moquette par terre, un vieux fauteuil inclinable et deux chaises de jardin, des étagères pour les jouets, une table basse passablement usée et la télé dont le grand-père d'Alex s'était débarrassé en quittant son appartement pour partir en Floride dans sa nouvelle autocaravane.

Alex allume le téléviseur. Il déroule l'affiche de Batista devant la table basse et s'installe dans le fauteuil. Il se penche sur ses cartes et les place selon l'ordre de la formation partante. Il coince son fanion dans une fente du repose-pied et s'adosse pour regarder la partie.

« C'est exactement comme ça que je veux que ça se passe », pense-t-il. « C'est exactement comme ça que ça doit se passer », lui souffle une petite voix dans sa tête. Vite, il la réduit au silence et se concentre sur la partie.

Personne pour l'ennuyer : il peut donc en toute liberté gesticuler, applaudir, brandir les cartes, se couvrir les yeux et même se tenir sur la tête s'il le faut. C'est génial!

Et lorsque les Condors l'emportent dans la neuvième manche après avoir tiré de l'arrière, il décide de ne plus écouter le baseball dans le séjour.

Avant le match suivant, Alex descend au sous-sol pour faire ses préparatifs. Reprenant la formule gagnante du jeudi précédent, il allume le téléviseur, déroule ses affiches de Batista et de Calvin Green, place son fauteuil, s'assoit, dispose les cartes selon l'ordre de la formation de départ et plante le fanion dans la fente.

« Nous sommes prêts, pense-t-il. Ça va être chouette. » Il regarde sa montre. Plus que cinq minutes à attendre. Tiens, il reste juste assez de temps pour faire du maïs soufflé.

Il laisse sa casquette sur le fauteuil, se précipite en haut, place un sac de maïs soufflé dans le micro-ondes, règle la minuterie et attend avec impatience que la sonnerie retentisse.

Puis il retourne à la hâte au sous-sol, remet sa casquette et s'installe dans le fauteuil à bascule.

— Au jeu! annonce-t-il alors que les joueurs prennent place sur le terrain.

Les Condors gagnent aisément.

Mais au moment où l'équipe et Alex sont sur la voie de la réussite et où les chances des Condors de terminer au premier rang de leur division sont excellentes, les choses virent au pire.

L'équipe part jouer 12 matches à l'extérieur et en perd cinq de suite. Alex essaie désespérément de modifier les règles qui doivent conduire l'équipe à la victoire jusqu'à ce qu'il en perde presque la tête. Il se trouve désormais dans un état second : les préparatifs qui précèdent chaque partie deviennent peu à peu une course effrénée pour faire en sorte que tout soit prêt à temps.

A-t-il fait quelque chose qui aurait pu causer cette suite

de défaites? Cette pensée l'angoisse. Le bol de maïs soufflé était-il vide lorsque Batista a rempli les buts et lancé la balle que Feliciano a frappée loin au-dessus de la clôture du champ droit? Devrait-il manger son maïs plus lentement à l'avenir? Ou au contraire, ne pas en manger du tout? Le problème est peut-être là!

La partie suivante est sur le point de commencer, mais Alex se rend compte qu'il ne se sent pas bien. Ses yeux se brouillent lorsqu'il allume le téléviseur et ses mains tremblent pendant qu'il essaie de disposer ses cartes en ordre. « Je n'en peux plus », se surprend-il à penser. Il laisse tomber les cartes, s'effondre dans le fauteuil et ferme les yeux.

Sa tête s'est mise à tourner.

« C'en est trop. Je m'en fiche, après tout! se dit-il. Et puis non, je ne m'en fiche pas! Les Condors doivent gagner. Il le faut! Mais Ian a raison... papa et maman aussi. C'est fou! se dit-il. Ce n'est plus amusant. C'est devenu un cauchemar. Il faut que ce cauchemar cesse!

Alex ouvre les yeux. Mais le véritable cauchemar ne fait que commencer.

Sur la table basse, les cartes respectent fidèlement l'ordre de la formation partante. Les affiches sont déroulées de chaque côté du téléviseur; le fanion se trouve à sa place habituelle; le tee-shirt est enfilé sur le dossier de la chaise et surmonté de la casquette, parfaitement centrée. Tout est prêt, la partie peut commencer. Oui, seulement... ce n'est pas Alex qui a préparé tout ça!

Son cœur se met à battre à une vitesse folle. Il tend le bras vers sa casquette, prêt à la lancer à l'autre bout de la pièce. Mais il n'y arrive pas. Il sent au contraire sa main se diriger vers sa tête. Tel un zombi suivant les ordres de son maître, il met sa casquette et frissonne à son contact. Le préféré de tous ses trésors s'est transformé en un objet d'horreur qui lui donne la chair de poule.

Terrifié, Alex tente de s'extirper de son fauteuil. « Il faut que je sorte d'ici », se dit-il. Mais il n'arrive pas à bouger. Une force invisible menace de l'écraser chaque fois qu'il essaie de se relever.

Désespéré, il ouvre la bouche pour appeler au secours, mais

aucun son ne se fait entendre. Finalement, il cesse de lutter et s'affaisse dans le fauteuil. La partie commence. Il est forcé de regarder.

« Je n'ai pas fait le maïs soufflé » est la dernière pensée qui lui vient clairement. Ensuite, tout se brouille. Il voit le téléviseur et entend parler les commentateurs, mais l'image et les mots sont affreusement déformés.

La panique s'empare d'Alex. Tel un mort-vivant, il se trouve pris au piège dans une zone hors du temps... jusqu'à ce que trois mots bien connus arrivent enfin à percer l'horrible brouillard.

Alex s'accroche à eux comme un nageur en détresse qui cherche à agripper une bouée de sauvetage. Il s'efforce de se concentrer sur les syllabes familières : « maïs au caramel ». Puis une phrase complète se forme dans sa tête : « Je me fiche de ne plus jamais revenir... me fiche de ne plus jamais revenir... me fiche... fiche... fiche. »

« Mais non, je ne m'en fiche pas! hurle-t-il à l'intérieur de lui-même. Je veux revenir! »

Soudain, Alex constate qu'il voit et entend de nouveau. À la télé, la foule est debout et applaudit à tout rompre.

Il se sent tellement soulagé qu'il en a les jambes molles. Sans réfléchir, il soulève le bras pour se gratter la tête. Lorsque sa main touche le bord de sa casquette, il saisit toute l'importance de ce geste. Il vient de bouger de son propre gré. Lentement, il baisse le bras et se penche vers l'avant. Puis, avec précaution, il se lève de son fauteuil.

Pour s'assurer que le cauchemar a vraiment pris fin, Alex effectue une vérification rapide. Il observe l'écran sur lequel figure la liste des circuits, des coups frappés et des erreurs des huit premières manches. Il arrive à la lire et à en comprendre le sens.

Selon ces données, les Condors tirent de l'arrière, de deux

points. « Tant pis », se dit-il. Il se raidit en attendant de ressentir l'urgent besoin de faire quelque chose pour mener son équipe à la victoire, mais cette sensation ne vient pas.

S'appuyant à la table basse, il s'éloigne du fauteuil. Encore ébranlé, il jette un nouveau coup d'œil au téléviseur. Farley, le grand lanceur de relève des Condors, s'élance. Sa balle fonce vers le coin extérieur du marbre et Carter, le frappeur des Faucons, est retiré.

Alex se surprend à espérer que les Condors réussissent à prendre les devants à leur tour au bâton. Mais il regrette immédiatement cette pensée. Songer à la victoire porte malheur, pas vrai? Non, ça ne porte malheur que si l'on dit que l'équipe va gagner quand elle mène, pas quand elle tire de l'arrière. Et puis, il faut le dire à voix haute pour que ça fonctionne. C'est ce qu'affirme son père, en tout cas. Selon lui, aucun véritable amateur de baseball ne prendrait le risque de nuire ainsi à son équipe.

Ces réflexions font sourire Alex. Une ou deux superstitions ne nuisent à personne et ajoutent même au plaisir du sport.

Il éteint le téléviseur, reprend son fanion et monte l'escalier, espérant trouver son père ou Ian devant le match dans le séjour. Il veut toujours voir la fin de la neuvième, mais ce sera plus amusant de la regarder en bonne compagnie.

LE LIEU DÉSERT

La mère de Kim montre du doigt un énorme faucon qui vole au-dessus du chalet.

— Regarde, Kim. Il est magnifique, n'est-ce pas?

Kim jette un coup d'œil vers le ciel.

— Quoi? dit-elle d'un ton maussade. C'est un oiseau. Et après?

Elle tourne le dos à sa mère et s'éloigne.

— Kim? Où vas-tu?

— Nulle part.

Kim continue de marcher.

— Attends! Nous allons dîner bientôt. Je veux que tu restes près du chalet pour l'instant.

La jeune fille fait encore deux pas, puis s'arrête lorsque son petit frère Émile surgit des buissons qui bordent le chalet. Les bras tendus, il fonce droit sur elle.

— Hé, Kim! Regarde ce que j'ai trouvé!

Il ouvre les mains tout doucement. Mais malgré ces précautions, le crapaud brun qu'il a attrapé s'échappe d'un bond juste au moment où Kim se penche pour regarder.

— Idiot! siffle-t-elle en reculant.

— Mais je n'ai pas fait exprès, Kim. Viens, aide-moi à le rattraper, tu veux?

— Tu rêves ou quoi! Attrape-les toi-même, tes imbéciles de

crapauds. Et garde-les loin de moi!

Kim tourne les talons et reprend sa marche d'un pas lourd.

— On ne s'amuse plus avec toi! crie Émile en repartant à la course derrière le chalet, à la recherche de l'amphibien en fuite.

Ces paroles transpercent Kim, et la culpabilité qu'elle ressent la fige presque sur place. Elle sait bien qu'elle agit bêtement, mais cela ne fait qu'augmenter sa colère – contre elle-même et contre le monde entier.

Les larmes lui montent aux yeux. Elle n'a pas demandé à participer à ces vacances familiales au chalet. Au contraire, elle a supplié ses parents de la laisser en ville, où elle aurait pu regarder la télé, sortir avec ses amis et s'amuser.

Kim continue de marcher. Elle veut un espace bien à elle, loin du reste de la famille. Elle commence à courir à petits pas, puis accélère l'allure. Elle entend la voix de sa mère :

— Attends, Kim!

Mais Kim ne l'écoute pas et poursuit sa course jusqu'au bosquet de saules voisin dans lequel elle se dissimule.

Cachée sous les branches tombantes, elle regarde ses parents qui reviennent vers la table à pique-nique et s'assoient. Émile, pour sa part, a pris une longueur d'avance et engloutit déjà les sandwiches.

— Devinez qui manque à cette belle photo de vacances? marmonne Kim avec colère. Pas de problème. Ils auront sûrement bien plus de plaisir sans moi!

Elle se retourne et se fraie un chemin parmi les branches. Lorsqu'elle parvient de l'autre côté du boisé, elle prend une profonde inspiration et poursuit sa route dans la vaste prairie qui s'étend devant elle.

Elle court sans s'arrêter. Elle court jusqu'à ce que respirer devienne si pénible qu'elle est forcée de ralentir, puis de s'arrêter complètement. Haletante, elle se penche vers l'avant et, les mains sur les genoux, tente de reprendre son souffle.

Petit à petit, son cœur cesse de battre la chamade et sa respiration retrouve son rythme habituel. La douleur qu'elle ressent au côté s'atténue. Kim se redresse lentement et regarde derrière elle le chemin parcouru. Très loin sur la droite, elle peut encore apercevoir la sombre silhouette des arbres qui entourent le lac, mais elle distingue à peine le chalet et le bosquet de saules à proximité.

« Pas encore assez loin. Je le vois toujours », se dit-elle en repartant.

Elle reprend un léger jogging, puis déclare à voix haute :

— Je vais continuer jusqu'à ce que je ne voie plus rien ni personne!

Elle ne saurait dire depuis combien de temps elle court ainsi lorsqu'elle prend de nouveau conscience du paysage environnant. Elle constate d'abord que le soleil ne se trouve plus directement au-dessus de sa tête. Elle sent toujours la chaleur de ses puissants rayons sur sa nuque et ses épaules, mais il se trouve nettement plus bas dans le ciel, à présent. Et puis l'ombre de la jeune fille s'est allongée : voilà un signe qui ne trompe pas.

En baissant les yeux, Kim se rend compte que le sol a changé, lui aussi. Le doux tapis de la prairie a disparu, remplacé par des herbes sèches et des fraisiers des bois rabougris et moribonds.

« Le soleil vous a cuits aussi », songe la jeune fille en observant les feuilles brunes et orangées accrochées à une tache sablonneuse qu'elle trouve à ses pieds. Soudain, vive comme l'éclair, une ombre croise son chemin. Kim se retourne et regarde vers le ciel par-dessus son épaule.

« Oh, c'est toi », se dit-elle lorsqu'elle aperçoit le grand faucon hors de la lumière éblouissante du soleil. « Qui t'a invité?

Retourne vers ma mère. C'est elle qui aime les oiseaux, pas moi. » Puis elle continue, à voix haute :

— C'est mon espace, ici. Le mien, tu entends?

Lorsqu'elle prend conscience d'avoir réellement crié ces paroles, Kim se sent plutôt ridicule.

Heureusement, personne n'est là pour l'entendre. Mais les mots ont trouvé un écho dans sa mémoire. Kim cesse de marcher et regarde de nouveau autour d'elle. « Hé, c'est peut-être vraiment mon espace, après tout », se dit-elle en se rappelant le jeu qu'elle avait inventé quand elle était petite. Elle

s'affale par terre en songeant qu'elle pourrait finalement arriver à gagner, cette fois.

Elle s'étire, les mains croisées sous la nuque, et se met à bouger les yeux dans toutes les directions en gardant la tête parfaitement immobile.

« Presque réussi », pense-t-elle en se rassoyant et en arrachant d'un coup sec de grosses tiges de chicorée qui avaient jusque-là survécu à la chaleur et au sable. « Désolée, mais c'est terminé pour vous », annonce-t-elle. Kim s'étend de nouveau et regarde encore une fois autour d'elle.

« Beaucoup mieux, songe-t-elle. Cet endroit offre des possibilités certaines. » Puis le faucon réapparaît.

— Va-t'en! ordonne Kim. C'est ma place! Tu viens gâcher mon jeu!

Le faucon s'attarde un instant, descend soudain en piqué, puis remonte en flèche et disparaît dans le ciel sans nuages.

« Enfin, se dit-elle. Rien ni personne. J'ai finalement trouvé mon espace désert. »

Ses pensées la ramènent à l'été d'il y a six ans, quand elle avait commencé à chercher cet espace. Cette année-là, sa famille avait passé les vacances à la ferme de son oncle. Un jour, allongée sur le toit de l'étable avec ses cousins, Kim s'était absorbée dans l'observation d'un ciel parfaitement bleu. Ce n'était pas la première fois qu'elle s'étendait ainsi dehors sur le dos : elle l'avait fait sur le balcon de l'appartement, dans la pataugeoire du parc et même dans la cour de l'école. Mais cette fois, c'était différent.

Cette fois, rien, absolument rien n'avait gêné sa vue du ciel : ni oiseau, ni branche, ni auvent, pas même un poteau électrique ou une ligne de téléphone. Elle avait tout à coup été submergée par cette vaste étendue vide.

« C'est amusant, avait-elle songé. On dirait que je suis seule dans le désert, et pourtant, je ne suis pas loin du chalet. » Et Kim s'était sentie en paix, dans cet espace qu'elle venait de découvrir.

Sans bouger la tête, elle avait laissé son regard errer vers la gauche. Toujours rien. Cette fois encore, elle ne voyait que du bleu. Mais lorsqu'elle avait regardé à droite, la cime d'un gros arbre était apparue dans le ciel. Puis deux corbeaux s'étaient envolés directement sous ses yeux en poussant des cris rauques. Le charme avait été rompu.

Mais l'émotion profonde de cet instant avait persisté. À plusieurs reprises, cet été-là, elle avait cherché un endroit où elle pourrait s'allonger, regarder vers le haut ou de chaque côté et ne voir que le ciel. C'était devenu une sorte de jeu. Elle s'étendait, croisait les mains derrière la tête et scrutait un lieu nouveau. Mais peu importe l'endroit où elle s'installait, quelque chose – un arbre, un oiseau, un fil électrique – apparaissait dans son champ de vision.

Inutile d'essayer par temps nuageux : Kim refusait d'accepter la moindre tache de blanc. C'était contre les règles qu'elle avait inventées après sa séance d'observation sur le toit de la grange. Seul le soleil était admis. Puisqu'il était impossible de le regarder directement, il ne comptait pas. Mais tout le reste rompait le charme de l'infini.

Lorsque ses cousins s'étaient mis à la taquiner parce qu'elle passait son temps à s'allonger pour regarder le ciel, elle avait vite compris qu'il lui fallait être seule pour chercher son lieu désert. Et même s'il s'en était fallu de peu quelquefois, elle ne l'avait pas trouvé cet été-là.

De retour à la ville, Kim n'avait plus pensé à sa quête estivale. Une fois, au cours de l'hiver, elle avait essayé de nouveau au parc, après une grosse tempête de neige. Le soleil brillait de tous ses éclats et un épais manteau blanc recouvrait le parc. Couchée sur la neige, elle avait observé le ciel, mais malgré ses efforts, elle n'était pas parvenue à supprimer les immeubles du paysage. Peu importe l'endroit où elle s'étendait, elle apercevait toujours au moins un gratte-ciel.

L'été suivant, Kim avait abandonné les recherches. Elle se trouvait au parc avec deux de ses amies. Allongées sur les balançoires à bascule, toutes trois observaient le ciel en silence.

Lorsque Kim leur avait demandé si elles avaient déjà essayé de repérer un endroit où elles ne pouvaient absolument rien voir d'autre que le ciel, ses amies l'avaient dévisagée comme si elle venait d'une autre planète. « Tu es devenue folle, Kim », avait dit l'une d'elles. Gênée, Kim s'était promis de ne plus jamais repenser à ce jeu stupide.

Mais la voilà ici, deux ans plus tard, complètement fascinée parce qu'il n'y a rien, vraiment rien du tout en vue.

« C'est incroyable, se dit-elle. Rien ni personne. Exactement comme je le souhaitais. Je me demande combien de temps ça va durer. »

Maintenant qu'elle sait qu'il est possible de trouver un lieu parfaitement désert, une nouvelle règle s'ébauche dans sa tête. « Lorsque j'ai trouvé l'endroit, je ne peux plus bouger jusqu'à ce qu'un obstacle se présente », pense-t-elle.

— D'ailleurs, ça ne devrait pas tarder, ajoute-t-elle à voix haute. Il y a toujours un truc qui envahit le paysage.

Immobile sur le sol, Kim observe la vaste étendue bleu clair en attendant que quelque chose – un avion, un nuage, une abeille – vienne troubler sa quiétude. Mais elle a beau attendre, rien ne se produit.

— Incroyable, répète-t-elle à voix basse en savourant le moment présent.

Puis elle ressent un picotement au cou. « Je parie que j'ai pris un coup de soleil, se dit-elle. J'espère que maman a

115

emporté de la crème hydratante. Mais je suis ridicule. Maman n'oublie jamais la crème hydratante, ni l'écran solaire.

Maman n'oublie jamais non plus le matelas gonflable. Et elle apporte toujours un nouveau casse-tête. Je me demande combien de morceaux aura celui-ci. Et le nouveau jeu? Qu'est-ce que ce sera? Le Labyrinthe? Nous ne l'avons pas encore. Il faut attendre pour le savoir. C'est chaque fois une surprise... »

Kim constate qu'elle a hâte de découvrir les jeux que sa mère a apportés. « Finalement, faire des casse-tête et s'amuser à des jeux de société en famille, ce n'est pas si mal, se dit-elle. Je ne m'ennuierai peut-être pas à mourir, après tout. »

Kim scrute encore une fois le ciel vide. Elle sent sa nuque se raidir. Elle a envie de se lever et de secouer le sable qui commence à lui donner des démangeaisons. Ça suffit maintenant. Il est temps que quelque chose apparaisse dans l'immense étendue. Il est temps de rentrer à la maison.

— Allez, allez! Où que vous soyez, apparaissez! lance-t-elle.

« Je me suis peut-être trompée, se dit-elle. J'aperçois peut-être quelque chose. » Elle tourne le regard vers la gauche et vers la droite aussi loin qu'elle le peut. Mais elle a bien choisi l'endroit. Sans bouger la tête, elle ne peut voir au-delà de la zone sablonneuse où elle est allongée.

« Depuis combien de temps suis-je ici? se demande-t-elle. Depuis longtemps, il me semble. Je n'aurais pas dû arracher cette plante. Si je ne l'avais pas fait, je la verrais et je pourrais me relever. Et si je trichais? Si je tournais légèrement la tête? Je suis sûre qu'il y avait des hautes herbes après les fraisiers. Je m'en souviens. »

Elle examine le ciel une dernière fois. Rien. Alors tant pis. « Le temps est écoulé », décide-t-elle en tournant la tête. Pas de hautes herbes par là. Elle regarde de l'autre côté. Le paysage est désert.

— Bizarre, murmure-t-elle. J'étais certaine que c'était là-bas. Bon, j'ai bougé la tête, de toute manière, alors le jeu est terminé. Je vais me lever.

Kim s'assoit et observe les environs. Elle se frotte les yeux et regarde de nouveau. « C'est impossible! » songe-t-elle. Elle se relève tant bien que mal.

Elle n'en croit pas ses yeux. Aussi loin que son regard se porte, il n'y a absolument rien, à part quelques longues tiges de fraisiers accrochées à la terre aride. Comme si son lieu désert s'étendait autour d'elle jusqu'à rejoindre le ciel. La sueur qui perle sur son cou lui paraît froide, à présent. Un frisson lui parcourt le dos.

Pendant un long moment, Kim reste là, figée. Puis elle pivote lentement sur elle-même, cherchant désespérément à l'horizon un repère qui l'aiderait à reprendre pied. La panique s'empare d'elle. Elle tourne de plus en plus vite, en quête d'une vision familière. Mais c'est peine perdue. Elle ne voit qu'une immensité de sable qui se fond à l'infini du ciel.

Étourdie, elle cesse de tourner et observe encore le ciel. Le soleil brille toujours, mais il est beaucoup plus bas à présent. Cette constatation ne lui est cependant d'aucune utilité : elle ignore complètement si le chalet se trouve au nord, au sud, à l'est ou à l'ouest.

Elle voudrait se mettre à courir. Mais où aller? Pour la seconde fois ce jour-là, Kim a envie de pleurer. Seule et perdue, elle éclate en sanglots.

Elle ne saurait dire combien de temps s'est écoulé lorsqu'elle se rend compte que la brise souffle sur ses larmes. D'abord léger, le vent s'intensifie à chaque rafale. D'épais nuages blancs bordés de gris glissent maintenant dans le ciel jusqu'à faire disparaître le bleu. Kim a le cœur qui bat à tout rompre. Elle sent venir l'orage. « Cours! lui ordonne son cerveau. Cours!

Cours! Cours! »

Kim se met à courir. Puis elle fait volte-face et fonce dans la direction opposée.

— De quel côté? De quel côté? hurle-t-elle dans le terrible désert.

Désespérée, elle s'arrête de nouveau en ravalant ses sanglots.

C'est alors qu'elle l'aperçoit. Elle ne distingue d'abord qu'un tout petit point noir se détachant sur l'un des derniers coins bleus du ciel. Lorsqu'il disparaît derrière un nuage, Kim se dit que son imagination lui a joué un tour. Mais quelques secondes plus tard, il revient, exécutant des piqués et des remontées spectaculaires, ses ailes déployées portées par le vent. Il approche de plus en plus, jusqu'à se trouver au-dessus de la tête de Kim. Il reste là un moment, suspendu dans l'espace. Puis, d'un puissant battement d'ailes, il fait brusquement demi-tour. Face au vent, il lutte pour reprendre le parcours inverse.

Kim comprend tout à coup d'où il vient... et où il va. La petite voix qu'elle entendait dans sa tête a fait place à un chœur hurlant : « Cours! Cours! Cours! » Kim se remet à courir. Cette fois, elle suit le faucon.

Il la ramène à la maison.

MYSTÈRE ET BOULE DE GOMME

J'aime bien ma petite sœur Jasmine. Pour une enfant de sept ans, elle n'est pas mal. Alors quand j'ai vu à quel point elle était bouleversée que maman ne la croie pas, je me suis dit qu'il fallait agir. Pour elle – et pour maman aussi – il fallait que je trouve ce qui s'était réellement passé le jour où les flammes ont rasé le garage.

Ce n'est pas que maman – ou qui que ce soit d'autre – accuse Jasmine d'avoir mis le feu. L'inspecteur des incendies pense qu'un chat sauvage a probablement grignoté les fils et que le vieux bâtiment de bois a flambé comme une boîte d'allumettes.

Et puis, Jasmine ne se trouvait même pas près du garage quand le feu a commencé. C'est d'ailleurs cela qui cause toutes ces tracasseries et qui nous plonge au beau milieu d'une énigme digne d'un film de science-fiction.

Après l'école, notre voisine Mme Lebel garde Jasmine jusqu'au retour de maman. Quand Karine et David Lebel, qui fréquentent une autre école, rentrent à la maison, ils vont habituellement jouer dehors tous les trois.

La plupart du temps, ils jouent – enfin, ils jouaient – dans notre garage. Comme nous n'avons plus d'auto, maman nous permettait d'y aller. Il y avait là-dedans un banc, trois chaises, une table, une vieille radio et un tas d'autres trucs.

Le jour de l'incendie, le garage était déjà cuit – et même

bien cuit – lorsque maman est revenue du travail. Il y avait des camions d'incendie partout.

Le premier réflexe de maman a été de chercher Jasmine, qui n'était nulle part en vue. Et lorsque Mme Lebel a annoncé que la fillette n'était pas rentrée après l'école, les deux femmes ont imaginé le pire. Ma mère est un vrai paquet de nerfs et Mme Lebel ne vaut pas beaucoup mieux.

Alors quand elles ont vu Jasmine arriver tranquillement sur le trottoir en léchant un cornet de crème glacée dégoulinant, ç'a été le délire! Maman a serré Jasmine dans ses bras comme si elle n'allait plus jamais la lâcher.

Mais une fois les camions d'incendie repartis et les voisins rentrés chez eux, les choses se sont vraiment gâtées. Tout s'est déclenché quand Jasmine a raconté à maman qu'elle ne se trouvait pas dans le garage cet après-midi-là parce qu'elle était partie avec une étrangère.

Cette petite déclaration a propulsé maman plus haut que le plafond. Et lorsque Jasmine a essayé de la calmer en expliquant qu'elle avait suivi la femme parce que c'était elle, maman, qui l'avait demandé, la situation n'a fait qu'empirer. En fait, ma mère a complètement perdu les pédales.

Certaine que Jasmine avait inventé cette histoire pour éviter d'expliquer où elle était réellement passée après l'école, maman l'a accusée de mentir et l'a envoyée se coucher tout de suite après le souper.

— Quand tu seras prête à dire la vérité, jeune fille, tu redescendras, a-t-elle conclu d'un air mécontent.

Avec Jasmine qui braille dans sa chambre et maman qui se défoule sur la vaisselle et les casseroles dans la cuisine, inutile de préciser que l'atmosphère n'est pas des plus détendues à la maison. Je décide donc de passer à l'action sans plus attendre et de persuader Jasmine de vider son sac. Je me retrouve assis au pied de son lit, à écouter un récit des plus étranges.

— Charlie, commence-t-elle en s'essuyant le nez avec un mouchoir déjà humide, la dame est venue vers moi à la grille de la cour d'école, et elle m'a dit que maman voulait que je l'accompagne. Elle a dit « licorne », alors j'ai su que je pouvais y aller.

« Licorne » est notre mot de passe. Maman l'a choisi parce qu'elle adore les licornes. Elle les collectionnait quand elle était jeune. Et elle en possède beaucoup : deux en peluche, une en plastique, une sur une affiche, une autre en argent et puis sa préférée, une petite licorne en cristal qu'elle laisse sur sa commode. Celle-là, Jasmine s'amuse souvent à la tenir devant la fenêtre pour que le soleil la transperce et fasse danser des arcs-en-ciel sur le mur. Mais elle fait très attention, parce qu'elle sait à quel point maman tient à cet objet.

Jasmine affirme aussi que la dame en question savait beaucoup de choses à propos de maman.

— Elle savait des tas de trucs, Charlie. Elle savait que maman aime la crème glacée aux cerises noires, les hamburgers au fromage et les fleurs rouges.

— Est-ce que la dame t'a dit comment elle savait ces choses-là?

— Non, répond tristement Jasmine.

— Alors, qu'est-ce qu'elle a dit?

Jasmine se mouche encore une fois.

— Eh bien, au parc, quand nous sommes passées près des roses, elle a demandé si maman préférait toujours les rouges.

Je l'interromps :

— Attends! Tu es sûre qu'elle a dit « préfère toujours les rouges »?

Jasmine fait oui de la tête.

— Bon, réfléchis bien, Jasmine. Essaie de te rappeler

exactement ce qu'elle a dit quand elle t'a parlé pour la première fois.

— Elle était près de la clôture. Elle m'a appelée par mon nom et je me suis approchée. Puis elle a dit : « Ta mère veut que tu m'accompagnes. » Alors je lui ai demandé le mot de passe, comme il faut que je fasse, et la dame a souri... et elle a dit « licorne ». Et puis je suis partie avec elle... au parc... et puis au bar laitier et...

— Arrête, reviens un peu en arrière. Est-ce que tes amis ont vu la dame à l'école?

— Je ne sais pas. Peut-être.

— Mais tu n'as pas expliqué à tes amis pourquoi tu ne rentrais pas à pied avec eux?

— Non. Je leur avais déjà dit que je reviendrais toute seule en courant.

— Pourquoi?

— Parce que je voulais coller les brillants sur la boîte en bâtons de sucettes glacées que j'ai fabriquée pour offrir à Mme Lebel. Je l'avais laissée sur la table du garage hier soir et je voulais la terminer et la lui donner. C'était une surprise.

Mon cœur se serre :

— Jasmine, tu te rends compte qu'il s'en est fallu de peu? Sais-tu ce qui serait arrivé si tu étais allée dans le garage comme tu l'avais prévu?

— Je sais, Charlie, s'écrie-t-elle en pleurant, mais je n'y suis pas allée et je n'ai pas brûlé parce que j'étais avec la dame!

J'avoue que Jasmine est plutôt convaincante. Et puis, si elle voulait inventer un mensonge, pourquoi en choisir un aussi ridicule? Un mensonge que maman et moi démasquerions dès qu'elle ouvrirait la bouche?

Je décide donc de la croire. Mais je dois trouver un moyen de convaincre maman. Si j'arrive à découvrir l'identité de cette femme, alors maman pourra lui demander si Jasmine a dit la vérité et l'énigme sera résolue. Mais il me faut plus de détails.

— D'accord, Jasmine. Qui t'a vue avec la dame? Peut-être d'autres enfants au parc? Ou le vendeur, chez le marchand de glaces?

Jasmine hausse les épaules d'un air malheureux.

— Je ne sais pas. La dame m'a donné de l'argent pour la crème glacée – un cornet à deux boules – et elle m'a attendue dehors sur le banc blanc. Tu vois lequel?

Je lui fais signe que oui. Puis une autre idée me vient.

— Tu as parlé de hamburgers au fromage. Êtes-vous allées en manger? Est-ce que quelqu'un vous aurait vues au restaurant?

— Non. J'avais encore ma crème glacée. Quand nous sommes passées devant La Frite enchantée, la dame m'a demandé si, comme maman, j'aimais les burgers au fromage. J'ai dit oui et elle m'a demandé si j'aimerais en manger un. Mais j'avais toujours mon cornet et, en plus, je lui ai dit que si je mangeais trop, j'allais gâcher mon souper. C'est à ce moment-là qu'elle a disparu.

— Disparu? Tu ne m'as jamais parlé de sa disparition, jusqu'à maintenant.

— Non. Tu ne m'as jamais posé la question!

— Eh bien maintenant, je te la pose. Qu'est-ce qui s'est passé?

— D'accord. Quand j'ai dit que j'allais gâcher mon souper et ces trucs-là, la dame a regardé sa montre. Puis elle a dit : « Je crois que tu as été partie assez longtemps », puis j'ai vu Vanessa, et...

Je l'arrête :

— Minute! Elle a dit « tu as été partie assez longtemps »? Tu

es sûre que c'est ce qu'elle a dit?

— Sûre.

Je ne sais plus quoi penser. Pourquoi la femme aurait-elle dit une chose pareille? Assez longtemps pour quoi? Cela n'a aucun sens. Pas plus que cette histoire de disparition. Maman aurait-elle raison, après tout? Jasmine a-t-elle inventé tout ça?

— D'accord, continue. Tu as vu Vanessa, et alors?

— Vanessa était de l'autre côté de la rue avec sa mère. Je l'ai saluée de la main et je lui ai montré ma crème glacée. Et quand je me suis retournée, la dame avait disparu. Elle n'était plus là! Ensuite, je suis rentrée à la maison et le garage brûlait et maman pleurait et elle m'a serrée dans ses bras. Et après, elle a dit que j'avais menti et...

Jasmine se remet à brailler. J'attends qu'elle se calme un peu, puis je la borde.

— Il faut dormir, maintenant, tu m'entends?

Elle sort la tête de ses couvertures et fait un signe affirmatif. Je me lève pour sortir de la chambre, mais une autre question me vient à l'esprit.

— Jasmine, comment s'appelait la dame?

Ma sœur hausse légèrement les épaules.

— Elle ne te l'a pas dit? Elle n'a pas dit « Bonjour, je suis unetelle... » ou quelque chose de ce genre?

— J'ai oublié, chuchote Jasmine en se tournant face au mur. Je suis trop fatiguée pour me rappeler...

Le lendemain matin, l'ambiance n'est toujours pas à la fête. Jasmine a les yeux gonflés d'avoir versé autant de larmes et maman semble d'assez mauvaise humeur.

À mon retour de l'école, je monte dans la chambre de maman et je téléphone à quelques-unes des copines de Jasmine pour leur demander si elles ne l'auraient pas vue en compagnie d'une étrangère. Le seul indice que j'obtiens me vient de Marie Tremblay.

— Non, je n'ai vu Jasmine avec personne, dit-elle. La dernière fois que je l'ai vue, elle était debout près de la grille de la cour d'école et elle est partie à pied toute seule.

125

Je redescends et trouve Jasmine à la table de la cuisine, son cahier de mathématiques ouvert devant elle. Elle fixe la fenêtre : Karine et David Lebel jouent dehors dans l'allée.

J'ouvre la porte du congélateur et lui demande :

— Tu veux une sucette glacée?

— Non.

— Tant pis. Mais j'ai une question à te poser. Tu te rappelles, hier, quand la dame t'a parlé à la sortie de l'école?

Jasmine fait un signe affirmatif, mais garde la tête baissée.

— Eh bien, combien de temps as-tu attendu avant qu'elle arrive?

— Elle était là quand je suis sortie.

Je sens que je commence à m'énerver.

— Écoute, Jasmine. Marie vient de me dire qu'elle t'a vue à la sortie de l'école. Et tu étais toute seule.

— Je n'étais pas toute seule, dit froidement Jasmine. La dame était là. J'ai parlé à la dame.

À la grimace qui tord son visage, je vois bien qu'elle est de nouveau au bord des larmes. Je lève les bras au ciel et je remonte. Son histoire ne tient pas debout. Je décide de faire un dernier appel. Ensuite, je ne sais pas ce que je ferai.

Un coup, deux coups, trois coups, quatre coups. La mère de Vanessa finit par répondre.

— Bonjour madame Paquette, vous rappelez-vous avoir vu ma sœur, hier après-midi, à l'extérieur de La Frite enchantée?

— Oh, oui. Vanessa et moi allions à la bibliothèque. Elle avait des livres à rendre.

Génial! Je vais enfin obtenir des précisions sur cette mystérieuse étrangère.

— Auriez-vous par hasard remarqué avec qui Jasmine se trouvait, madame Paquette?

— Avec qui elle se trouvait? Elle ne se trouvait avec

personne, Charlie. Elle était là, toute seule, à manger un cornet de crème glacée.

— Elle n'était pas avec une femme?

— Non... mais attends que je réfléchisse... il y avait peut-être quelqu'un dans le restaurant. Jasmine semblait parler à quelqu'un, mais je n'ai pas vu de qui il s'agissait. Elle agitait son cornet de crème glacée en souriant.

— Parfait, madame Paquette. Vous rappelez-vous autre chose?

— Pas vraiment. Jasmine nous a fait un signe de la main, puis elle est restée là à regarder autour d'elle. Ensuite, elle est partie. Pourquoi est-ce que tu me poses toutes ces questions?

— Oh, ce n'est rien de grave, madame Paquette.

Je la remercie et replace le récepteur. Mais je me demande pourquoi j'ai dit merci, puisque ce que je viens d'entendre me plonge dans une incertitude encore plus grande. Si Jasmine est partie avec quelqu'un, elle est la seule à avoir vu cette personne. Ou alors, c'est qu'elle s'est vraiment mise à parler toute seule. L'énigme que j'ai entrepris de clarifier me semble de plus en plus compliquée à résoudre.

Plus tard ce soir-là, une fois Jasmine au lit, je raconte à maman ce que j'ai appris sur l'affaire. Elle non plus ne sait pas quoi en penser. Nous nous perdons en suppositions : peut-être que Jasmine a fait ceci, peut-être qu'elle a fait cela, peut-être que, peut-être, peut-être, peut-être. Rien n'a de sens. Finalement, maman a une nouvelle idée.

— Jasmine a peut-être seulement imaginé la dame, Charlie. Comme les jeunes enfants qui s'inventent parfois un ami. C'est ce que je faisais quand j'étais petite. Et Diane aussi. Je t'ai déjà parlé de Diane, tu te souviens?

Maman se tait un instant, perdue dans ses pensées. Il y a des années qu'elle n'a plus parlé de Diane, sa meilleure amie, en fait, depuis qu'elle a appris que Diane et ses deux petits garçons avaient péri dans un incendie. Jasmine n'était alors qu'un bébé et papa habitait encore avec nous.

Je me rappelle le jour où la lettre est arrivée. Je suis rentré de l'école et papa était là, portant Jasmine dans ses bras. Maman était assise sur le canapé. Elle tenait la lettre d'une main et, de l'autre, s'essuyait les yeux...

Nos pensées reviennent au présent. Maman se dirige vers le buffet, ouvre le tiroir du bas et sort son vieil album de photos. Elle revient sur le canapé et, lentement, se met à tourner les pages. Enfin, elle s'arrête sur une photo de deux fillettes qui sourient de toutes leurs dents. Chacune d'elle serre sur son cœur une licorne en peluche.

— C'est Diane et moi. Nous avions 10 ans, là-dessus. C'était incroyable, Charlie. Nous aimions les mêmes choses, y compris les licornes. Tu te rends compte? Elle m'a donné la petite licorne en cristal que j'ai dans ma chambre juste avant de déménager au Guatemala.

Elle tourne la page et me montre la photo de deux jeunes femmes vêtues d'une toge et d'un mortier. Elles sourient à l'objectif, leur diplôme en main.

— Diane était une amie tellement spéciale, Charlie. Nous étions toujours là l'une pour l'autre, jusqu'à ce que...

Maman s'arrête en entendant des pas dans l'escalier. Jasmine apparaît en se frottant les yeux.

— Qu'est-ce que tu fais debout à cette heure, ma chérie? dit-elle en l'invitant à s'asseoir avec nous. Tu as fait un cauchemar?

Jasmine hoche la tête et se glisse entre nous. Maman pose l'album sur la table basse et se tourne vers elle pour la prendre dans ses bras. Mais subitement, Jasmine sursaute.

— Tu l'as trouvée! Tu l'as trouvée! s'écrie-t-elle joyeusement.

— Trouvé qui? demande maman.

— La dame! Là!

Jasmine montre du doigt la photo de la cérémonie :

— C'est toi qui l'as trouvée, hein, Charlie? Je savais que tu la trouverais.

Et elle me saute au cou.

Étonné, je regarde maman par-dessus la tête de Jasmine. Maman me dévisage, puis ses yeux reviennent vers la photo.

Enfin, elle rompt le silence.

— Jasmine, regarde-moi. Es-tu en train de dire que c'est avec cette dame que tu es partie après l'école?

— Oui, oui, oui! répond Jasmine en pleurant de joie.

Cette fois, c'est maman qui me regarde par-dessus la tête de ma sœur. Elle paraît troublée, peut-être même un peu effrayée. Comme moi, d'ailleurs. J'en ai la chair de poule. Diane est-elle vraiment sortie de sa tombe pour sauver ma petite sœur?

Jasmine lève la tête vers maman.

— Maman, c'est ton amie, n'est-ce pas? Tu l'avais seulement oubliée, hein?

— Tu as raison, Jasmine, dit maman d'une voix douce. Je l'avais seulement oubliée. C'était une amie très spéciale. Il est tard, à présent. Il faut retourner te coucher. Mais je te promets qu'un jour, je te raconterai beaucoup de choses à son sujet.

LE NOUVEAU

Raffi sait exactement comment on se sent quand on est nouveau. Il se rappelle sa première journée à l'école Balzac et la nervosité qui le paralysait. Alors en voyant Damien, tout seul, appuyé contre la clôture, il décide de s'approcher.

— Bonjour, dit-il, en essayant d'adopter un ton amical, mais dépourvu de curiosité. Je m'appelle Raffi Kadir.

— Bonjour, je m'appelle Raffi Kadir, répète bêtement Damien.

— Mais qu'est-ce qui te prend? s'exclame Raffi, étonné.

— Mais qu'est-ce qui te prend? répète Damien.

— Bon, d'accord! J'essayais seulement de...

Avant que Raffi ait eu le temps de terminer sa phrase, Damien, comme un sinistre écho, répète déjà ses paroles.

— Tant pis pour toi! marmonne Raffi en lui tournant le dos.

Il tressaille lorsque Damien réplique sèchement :

— Tant pis pour toi!

— Alors, comment il est? demande Paolo Granieri quand Raffi se joint au groupe d'élèves curieux rassemblés près de la porte.

Paolo jette un œil prudent à Damien avant de continuer.

— Lui as-tu demandé d'où il venait?

— Non, dit Raffi en haussant les épaules.

Lorsque Mme Leroux a présenté Damien à la classe en lui demandant de dire quelques mots à son sujet, il s'est contenté de faire non de la tête. Raffi a alors cru que le nouveau était tout simplement timide. Mais à présent, il n'en est plus si sûr.

— Mélanie dit qu'il l'a juste regardée fixement quand elle a essayé de lui parler, affirme Patricia Cartier à voix basse. Vous vous rappelez quand elle lui a tendu la loupe? Elle le trouve inquiétant.

— Et après? dit Raffi en essayant de paraître calme. On dit bien des choses à propos des nouveaux, pas vrai?

— Oui, mais ce gars-là risque de créer des ennuis, soutient Paolo. Tenez, regardez ce qu'il est en train de faire. Ne le fixez pas! s'empresse-t-il d'ajouter.

Damien s'est emparé du ballon de soccer d'un groupe d'enfants de troisième année. Il le tient à bout de bras, hors de leur portée. L'un des garçons saute et s'agrippe au bras de Damien pour essayer d'atteindre le ballon. Damien le secoue comme un vulgaire moustique. Ensuite, il prend un léger élan et catapulte le ballon jusqu'à l'autre bout de la cour.

Puis la cloche sonne et tous les élèves, y compris Damien, se dirigent vers la porte.

À la fin de l'avant-midi, Raffi a presque oublié les méchancetés de la récréation. Il lui faut donc un moment pour comprendre ce qui se passe derrière son dos pendant qu'il se rend à la cafétéria.

D'abord, il remarque que deux petits de la classe de Mme Saint-Martin regardent derrière lui avec de grands yeux. Puis il entend des rires étouffés. Il se retourne rapidement et surprend Damien qui se retourne aussi, à quelques pas de lui. Plus loin, trois filles de sixième pouffent de rire.

Un sentiment d'impuissance envahit Raffi. Il sait exactement ce qui va se produire s'il se retourne de nouveau. Damien sera encore en train de le suivre en singeant tout ce qu'il fait.

— Tu as un problème? demande Raffi.

— Tu as un problème? répète Damien, sans se tourner pour lui faire face.

D'un geste vif, Raffi s'approche de Damien et se plante devant lui.

— J'essayais juste de t'accueillir amicalement. J'ai été stupide, hein?

Sans attendre, il passe résolument devant son persécuteur et se dirige à grands pas vers la cafétéria. À l'instant où il pousse la porte, il ressent une satisfaction certaine. Damien s'est couvert de ridicule en répétant ses paroles jusqu'au mot « stupide » sans se rendre compte de ce qu'il allait dire.

Mais la victoire de Raffi est de courte durée. Durant le repas, Damien s'installe à la table voisine et répète chacun de ses mouvements.

Il arrive même à intéresser quelques élèves de cinquième année qui veulent à tout prix éviter de devenir eux-mêmes ses victimes.

Pendant les cours de l'après-midi, Damien s'est un peu calmé. Mais, même si l'enseignante ne remarque rien, Raffi sait ce qui se passe derrière son dos. Et il se sent incapable de lutter.

Les deux jours suivants sont les pires que Raffi a passés jusque-là à l'école Balzac. Son seul moyen de défense consiste à se tenir à l'écart du grand et hostile nouveau et à parler le moins possible. Il cesse même de lever la main pour répondre aux questions, par crainte d'entendre les chuchotements malveillants répéter ses paroles, deux pupitres derrière le sien, dans la rangée voisine.

Lorsque ses amis lui demandent ce qu'il compte faire, il hausse les épaules et leur dit qu'il va se débrouiller. Affichant beaucoup plus d'assurance qu'il n'en ressent au fond de lui, il affirme que Damien se fatiguera bientôt de son jeu stupide et que tout rentrera dans l'ordre.

— Tu devrais peut-être en parler à Mme Leroux, suggère Patricia.

Paolo lève les yeux au ciel en ripostant que cela ne ferait sans doute qu'aggraver la situation.

Mais Patricia insiste :

— Mme Leroux dit qu'elle applique la règle de la tolérance zéro à l'intimidation et ça, c'est certainement de l'intimidation. Je parie qu'elle peut faire quelque chose.

— Peut-être, convient Raffi. Mais Paolo a probablement raison. De toute manière, qu'est-ce que je vais lui dire? Que Damien me rend fou en se prenant pour mon ombre? J'aurais l'air ridicule!

— Elle comprendrait.

— Peut-être, mais lui, non, réplique Paolo. Et si nous réunissions quelques gars pour l'aider à comprendre? Qu'en penses-tu?

Raffi se sent horrifié à l'idée de frapper quelqu'un, mais il n'en dit rien. Il se contente simplement d'affirmer encore une fois qu'il peut faire face au comportement de Damien, peu importe ce qu'il prépare.

— Eh bien moi, je ne pourrais pas! admet Patricia. Je pense toujours que tu devrais prévenir Mme Leroux. Elle comprendrait. Ou tes parents. Ils comprendraient sûrement aussi.

Quand arrive le vendredi, Raffi doute que Mme Leroux ou ses parents puissent désormais comprendre ce qui se passe entre lui et Damien. D'ailleurs, personne ne le pourrait. C'est impossible.

Et aussi improbable que cela puisse paraître, Raffi est convaincu que Damien ne répète plus ses gestes et ses paroles quelques secondes après lui. Non, il est maintenant devenu son sinistre double, levant la main exactement quand il lève la sienne, attrapant un sandwich ou ouvrant la porte de son casier en même temps que Raffi le fait, et allant jusqu'à dire ou chuchoter au même moment les quelques paroles qu'il ose encore prononcer. Il n'existe même plus d'écart de temps entre les gestes de Raffi et ceux de son agresseur.

Ce vendredi-là, après l'école, Raffi se cache dans les toilettes jusqu'au moment où il estime que la voie est libre. Puis il se glisse hors de l'immeuble et, tel le cavalier solitaire redoutant sans cesse l'ennemi, il rentre chez lui, constamment sur ses gardes.

Le terrible Damien ne se trouve pas dans les parages et Raffi regagne la maison sans tracas. Mais même après avoir refermé la porte, il ne se sent pas en sécurité. Les rideaux aux fenêtres et les épais murs de brique ne suffisent pas pour le protéger de quelqu'un qui semble lire dans ses pensées à volonté. Raffi pousse son sac derrière le portemanteau et se jette sur le canapé, la tête enfouie dans les coussins.

C'est dans cette position que son père le trouve, quelques minutes plus tard.

— Il me semblait bien t'avoir entendu rentrer, déclare M. Kadir. Tiens, regarde ça.

Raffi jette un coup d'œil à la montre que tient son père. La partie arrière est ouverte et il aperçoit les minuscules roues et engrenages de laiton qui tournent doucement.

— Une vraie splendeur! poursuit M. Kadir. Lucie Vanier l'a apportée hier. Elle appartenait à son arrière-arrière-grand-père. Je n'ai pas pu m'empêcher de commencer tout de suite à la réparer. Et tu sais ce qu'il manquait? Un petit ressort, tout simplement! À présent, elle fonctionne comme une neuve.

— Ah oui? Juste un ressort? demande Raffi en essayant de s'intéresser au travail qui apporte une telle satisfaction à son père.

— Oui, c'est tout! La montre a été trop remontée par erreur, et le ressort tendu à l'excès n'a pas tenu le coup.

« Ouais, c'est un sentiment que je connais! » pense Raffi, pendant que les gros et longs doigts de son père referment la montre avec précaution. Il s'étonne toujours qu'un homme doté d'aussi grandes mains puisse exécuter un travail aussi délicat.

M. Kadir enfouit la montre au creux de sa main gauche et, de l'autre, repousse les cheveux sur le front de Raffi. Il fronce les sourcils :

— Est-ce que tout va bien, mon garçon?

Raffi se tourne en espérant que ses yeux ne trahissent pas son bouleversement.

— Ça va très bien, papa. Mais laisse-moi tranquille, d'accord? Je suis seulement fatigué.

— Et un peu susceptible, à ce que je vois. Ta mère ne rentrera pas du travail avant une heure. Pourquoi ne ferais-tu pas une sieste? Je serai en bas dans l'atelier si tu as besoin de moi.

— Bonne idée, marmonne Raffi en plongeant de nouveau la tête dans les coussins. Je suis crevé, ajoute-t-il en fermant les yeux.

Quelques minutes plus tard, il dort profondément. Mais ce sommeil ne lui apporte aucun répit.

Il fait un rêve douloureusement réel. Il fuit à toutes jambes une version monstrueuse et tordue de Damien qui tente de l'attraper en tendant vers lui de longs doigts semblables à des griffes.

— Tu ne m'échapperas pas, Raffi! menace-t-il d'une voix caverneuse en se rapprochant. Il y a beaucoup d'espace ici pour moi! Je vais entrer!

Et ses doigts commencent à se refermer sur les cheveux de Raffi.

Raffi se réveille en sursaut, essoufflé et suant comme

s'il avait vraiment couru. Il s'assoit et s'adosse au canapé en essayant de retrouver son calme. Si certains détails du cauchemar s'effacent déjà, la peur et les paroles de Damien restent très présentes.

— Tu ne peux pas entrer, chuchote Raffi à la pièce vide.

Mais comment faire pour qu'il n'entre pas? se demande-t-il en se relevant.

Découragé, Raffi se traîne jusqu'à la cuisine pour chercher un réconfort dans la voix de ses parents et le bruit des assiettes qui s'entrechoquent. Il ne supporte pas de passer une minute de plus tout seul.

Si malheureux qu'il soit, Raffi ne dit rien à ses parents, même lorsque sa mère lui demande directement si quelque chose le tracasse. Il se contente de marmonner qu'il n'est pas très en forme et qu'il a l'intention de se coucher tôt.

Raffi n'aime pas mentir, mais il sait exactement comment réagiraient ses parents s'il leur disait la vérité. Ils seraient inquiets, en colère, et ils voudraient probablement téléphoner au directeur. « Il ne manquerait plus que ça! se dit-il en montant dans sa chambre. Toute l'école me prendrait pour une poule mouillée. »

En se glissant sous les couvertures, il décide tout simplement d'attendre que Damien cesse son petit jeu.

Mais alors qu'une fatigue écrasante s'empare de lui, Raffi est hanté par la pensée que Damien pourrait ne jamais s'arrêter. Damien continuerait jusqu'à ce qu'il obtienne ce qu'il veut, peu importe ce que c'est. Ensuite, il trouverait une autre victime et le jeu tordu recommencerait.

Raffi parvient à survivre au reste de la fin de semaine sans éveiller les soupçons de ses parents. Quand Paolo passe chez lui samedi après-midi pour lui proposer une partie de basket-ball, Raffi lui répond qu'il ne se sent pas très bien.

Puis il ressort le bon vieux prétexte du surplus de devoirs pour éviter de se joindre au groupe de jeunes qui part visiter la nouvelle exposition sur la réalité virtuelle au Centre des sciences. Ce n'est pas facile, mais se tenir hors de la portée de Damien reste, croit-il, son seul moyen de défense. Et puis, il n'est pas certain de vouloir entendre parler de réalité virtuelle. Celle qu'il affronte en ce moment lui suffit. Damien ne peut pas être une vraie personne. Les vraies personnes n'agissent pas comme il le fait.

Lundi matin, la vraie vie reprend son cours : Raffi ne peut plus se cacher. Presque paralysé par la crainte, il s'habille lentement, enfile un jean propre et un vieux tee-shirt vert, et prend sa casquette usée. Il commence à manger ses céréales, mais la boule qui s'est formée dans son estomac occupe une telle place qu'il pose sa cuillère, incapable d'avaler une bouchée de plus.

Après avoir versé le reste de céréales dans l'évier pendant que son père a le dos tourné, il se dirige vers le portemanteau, attrape son sac et ouvre la porte. Il lance un rapide « bonne journée » pendant qu'elle se referme. Il faut qu'il se sauve avant que ses parents puissent voir la panique qui se lit certainement dans ses yeux. Le regard d'une personne coincée dans une situation désespérée. Le dos voûté, il part pour l'école.

C'est lorsque Raffi entre furtivement dans la salle de classe, deux minutes après que la cloche a sonné, qu'il mesure toute l'étendue des pouvoirs de Damien. Lorsqu'il passe à côté du deuxième pupitre derrière le sien dans la rangée voisine, une masse verte attire son regard. Damien est là, un petit sourire aux lèvres. Il porte un jean, un tee-shirt vert et une casquette usée!

Avant que Raffi ait eu le temps de réagir, Damien le devance en s'exclamant :

— Hé! tu es habillé comme moi!

Raffi est horrifié. Les mêmes mots se sont formés dans sa tête au même moment. C'est donc arrivé! Son cauchemar est devenu réalité! Damien est entré dans sa tête. Il a les mêmes pensées, il fait les mêmes choix.

Comme un cerf figé devant les phares d'une voiture, Raffi reste immobile dans l'allée, le souffle coupé. Ses yeux se brouillent et des larmes roulent sur ses joues. Humilié, il se retourne et se précipite hors de la salle de classe sans écouter Mme Leroux, qui lui demande de s'arrêter.

Lorsque Raffi revient à la maison, sa mère est partie au travail, mais les craquements du plancher de l'entrée trahissent la présence du jeune garçon. De son atelier au sous-sol, son père demande d'une voix forte :

— Qui est là?

— Ce n'est que moi, papa, répond Raffi en essayant d'empêcher sa voix de flancher. Je ne me sens toujours pas bien. Je monte me coucher. Rien de grave.

Raffi a le temps de se rendre à sa chambre et de se glisser sous les draps avant d'entendre le téléphone sonner. Un coup seulement. « Parfait, se dit-il. L'appel d'un client va distraire mon père. »

Mais quelques minutes plus tard, son père paraît dans l'encadrement de la porte.

— Raffi, c'était Mme Leroux. Que s'est-il passé?

En essayant de se maîtriser, Raffi raconte son supplice. Il parle à son père de Damien et du rire des autres élèves. Mais il ne veut pas – en fait, il ne peut pas – lui révéler que Damien a finalement envahi son esprit. Comme il a peur de se confier davantage, il ferme plutôt les poings et se met à frapper son oreiller.

— Je parie que tu souhaiterais que ce soit lui, au lieu de ton oreiller, dit son père doucement en s'assoyant à côté de Raffi sur le lit.

Raffi hoche faiblement la tête.

— Ceux qui font de l'intimidation peuvent te pousser à vouloir les frapper. Mais ce n'est pas toi qui marcherais dans leur jeu, pas vrai?

Raffi hoche de nouveau la tête et donne un dernier et léger coup de poing à l'oreiller.

— Ou ils t'obligent à fuir et à te cacher. D'une manière ou d'une autre, ils finissent par t'avoir, non? Tout le secteur leur appartient. Ils sont rois et maîtres.

M. Kadir pose la main sur l'épaule de Raffi.

— Regarde-moi, mon garçon.

Raffi lève le visage vers son père.

— Veux-tu que je t'accompagne à l'école?

Raffi fait non de la tête.

— D'accord. Mais que dirais-tu d'en parler à Mme Leroux? Elle s'inquiète à ton sujet et je sais qu'elle peut t'aider.

Cette fois encore, Raffi secoue la tête.

— Bon. Tu as peut-être besoin de temps, en ce moment. Du temps pour réfléchir à ce qui t'arrive. Mais promets-moi une chose. Promets-moi de demander de l'aide si tu en as besoin. Être victime d'intimidation, ça signifie souvent avoir peur d'appeler au secours.

Raffi promet et, après avoir laissé son père le border, il reste seul et épuisé, à fixer le plafond d'un regard vide. Il repasse dans sa tête les horreurs de la semaine précédente. Comme un film qui rejoue les séquences en marche arrière, il commence par le sinistre triomphe de Damien, une heure auparavant, et revient vers les jours moins sombres de l'imitation des gestes, puis de la minable répétition des mots qui a tout enclenché lundi dernier.

Cette étape franchie, Raffi appuie sur le bouton « pause mentale ». Il esquisse un petit sourire en se rappelant qu'il a presque réussi à piéger Damien en l'amenant à dire : « J'ai été stupide. »

Ce jour-là, Damien avait semblé plutôt humain. Ses pouvoirs

maléfiques étaient toujours tapis dans l'ombre.

« J'aurais peut-être pu l'arrêter, alors, faire quelque chose, prévenir quelqu'un. Mais à présent, il est trop tard. Les pouvoirs de Damien se sont révélés et ils semblent se renforcer, comme s'ils étaient alimentés par je ne sais quoi. »

Pendant un instant, Raffi fait un arrêt sur l'image. Il s'en approche prudemment, lui donne une légère poussée pour voir si elle va rugir et le bousculer à son tour. Non. L'image se tient tranquille dans sa tête en attendant qu'il lui trouve un sens. Quand il y parvient, une lueur d'espoir et les vagues lignes directrices d'un plan émergent de sa frustration et de son découragement.

Raffi se redresse et s'assoit au bord de son lit. Il laisse son plan prendre forme. Après avoir ajouté quelques détails manquants, il n'est toujours pas certain que sa mise en scène fonctionnera. Mais une chose est sûre : il doit essayer.

Il songe un instant à changer de vêtements, mais s'empresse de rejeter cette idée.

— Je peux porter ce que je veux! déclare-t-il à voix haute en se relevant.

Il enfile ses chaussures de sport, saisit sa casquette sur le lit et descend à l'atelier. Il s'approche du banc où se trouve une vieille horloge murale sur laquelle travaille son père.

— Tu te sens mieux, mon garçon? commence M. Kadir.

Mais Raffi l'interrompt.

— Papa, je sais que ça va te paraître super bizarre, mais je dois te demander quelque chose. Pourrais-tu téléphoner à Mme Leroux pour moi?

— Avec plaisir. Je suis sûr qu'elle aura une conversation avec ce garçon et...

— Non, papa. Non. Ce n'est pas ce que je veux. Peux-tu simplement lui téléphoner et lui dire que je reviens à l'école, s'il te plaît? Et demande-lui de ne pas dire un mot quand j'entrerai en classe.

— Parfait, répond son père, une légère inquiétude dans la voix. Mais tu ne vas pas commettre une bêtise, au moins?

Raffi sait ce que craint son père. Il le rassure d'un sourire et ajoute vivement :

— Ne t'inquiète pas. Ce n'est pas moi qui marcherais dans son jeu, hein, papa?

Raffi fonce dans l'escalier et, avant de quitter la maison, il lance :

— Tu peux lui dire aussi que, si j'ai besoin de son aide, je vais la lui demander, d'accord?

— Tu n'hésiteras pas?

— Je n'hésiterai pas, c'est certain, papa!

La peur que Damien a fait naître en lui accompagne encore Raffi quand il arrive à l'école, mais il ne cherche plus à la combattre. Il compte plutôt sur elle pour créer une distraction. Si le plan fonctionne, Damien sera si occupé à alimenter cette crainte qu'il ne se rendra pas compte de ce qui se produit.

Raffi s'arrête à la porte de l'école, inspire profondément et entre. Il passe devant le bureau de la secrétaire et parcourt le long couloir qui le conduit à sa salle de classe. En s'approchant, il constate que la porte est ouverte.

Quand elle l'aperçoit au fond de la salle, Mme Leroux l'observe un instant, comme pour s'assurer de quelque chose. Puis elle tourne de nouveau les yeux vers la classe sans dire un mot.

Raffi se tient parfaitement immobile et regarde fixement la place qui se trouve deux pupitres derrière le sien, dans la rangée voisine. Il évalue la distance qui le sépare de son pupitre, et celle qui sépare Damien de Mme Leroux. Puis il se concentre de toutes ses forces.

Rien ne se produit.

Au bord de la panique, Raffi raidit chaque muscle de son corps et se concentre encore davantage.

Finalement, Damien se met à bouger. Lentement, il se lève et avance d'un pas. Raffi l'imite. Les autres élèves et Mme Leroux les observent en silence.

Pas à pas, Raffi suit Damien jusqu'à ce que ce dernier s'arrête devant Mme Leroux. Raffi s'arrête lui aussi, juste à côté de son propre pupitre. Puis il fixe son attention sur chacune des paroles du discours muet qu'il a préparé.

Les mots de Damien ont une résonance métallique, presque mécanique, mais on les entend très distinctement.

— Damien fait de l'intimidation, mais il ne gagnera pas. Raffi va se défendre. Damien fait de l'intimidation, mais il ne...

Des ricanements se font entendre, isolés d'abord, puis fusant de toutes parts. Et lorsque Paolo lance un « génial! » bien senti, les applaudissements éclatent.

Le visage tordu par la rage, Damien se retourne pour faire face à la classe. Sa bouche semble bouger, mais aucun mot n'en sort. Il avance en titubant et se dirige au fond de la salle. Raffi s'écarte pour le laisser passer. Le claquement de la porte se répercute sur les murs, puis le silence retombe.

Tel un ressort qui était tendu à l'excès et qu'on a enfin relâché, Raffi se sent subitement faible. Ses jambes ramollissent et il s'effondre sur sa chaise en rougissant un peu. « Comment est-ce que je vais pouvoir expliquer ça? » se demande-t-il.

Comme si elle devinait ses pensées, Mme Leroux rappelle ses élèves à l'ordre en disant :

— Laissons à Raffi le temps de se détendre. Nous reparlerons de cette affaire plus tard.

Raffi la remercie en souriant. Il n'a aucune idée de ce qu'il dira lorsqu'on lui posera des questions, mais, au moins, il a le temps d'y réfléchir. Et comme il est de nouveau maître de ses pensées, il risque de trouver des réponses plutôt intéressantes.

VISIONS NOCTURNES

Luc n'est jamais resté seul à la maison le soir. Et convaincre sa mère qu'il est assez grand pour prendre soin de lui-même durant quelques heures n'est pas facile.

— Je n'aime pas te laisser tout seul. Si seulement Stéphanie était ici, soupire sa mère.

— Mais Stéphanie est au collège, à présent, maman. Elle ne peut pas apparaître instantanément et me tenir compagnie. Et puis, j'aime mieux rester tout seul. Stéphanie s'amusait à me terroriser. Vous n'étiez pas aussitôt sortis, qu'elle se mettait à me dire que le sous-sol était rempli d'horribles monstres couverts de liquide gluant.

— Non, elle ne ferait pas une chose pareille!

— C'est ce qu'elle faisait, je t'assure! Et ce n'est pas tout. Elle me racontait toutes les histoires effrayantes qui lui venaient à l'esprit en n'oubliant aucun détail horrible. Je suis bien mieux tout seul. Pas vrai, papa?

— Eh bien, nous n'allons pas si loin, alors je suppose que...

Luc saisit l'occasion au vol :

— Tu vois, maman, papa croit, lui aussi, qu'il n'y aura aucun problème.

Luc finit donc par convaincre sa mère. Mais au moment de partir, elle met au moins cinq minutes à dresser la liste des « choses qu'il faut faire si... ».

Puis la voilà qui commence une autre liste :

— Alors n'oublie pas : les croustilles de maïs sont dans l'armoire au-dessus de la cuisinière et...

— Maman, j'habite ici, tu te rappelles?

— Tu as raison, dit-elle en riant. Bon, tu es sûr que tu sais où trouver le numéro de téléphone à composer pour nous joindre?

— Oui, maman. Il est collé sur la porte du frigo.

— Oh, et une dernière consigne. Tu n'invites personne, d'accord?

— Mais qu'est-ce que tu crois? Dès que tu auras mis le pied dehors, ça va être la fiesta! J'ai invité tout le monde à une partie de bris de vaisselle. Par laquelle veux-tu qu'on commence? La vaisselle de tous les jours ou la plus chic?

— Vraiment très drôle! réplique sa mère en essayant de garder son sérieux.

— Papa, tu veux bien l'emmener, s'il te plaît?

Son père accepte volontiers, et Luc verrouille la porte derrière eux. Puis il pousse le cri de la victoire, se précipite dans le séjour et plonge sur le canapé. La télécommande à la main, personne autour pour se plaindre, il passe d'une chaîne à l'autre pendant presque une heure.

Comme il ne trouve rien d'intéressant à 20 h 30, il se rend à la cuisine.

— Maïs soufflé, croustilles ordinaires, de maïs, ou un peu de tout? C'est vraiment génial! s'exclame-t-il en essayant de faire son choix.

Il opte finalement pour les croustilles de maïs, auxquelles il décide d'apporter quelques améliorations. Il ouvre la porte du frigo et sort le fromage, une tomate, deux oignons verts et la salsa. Puis il passe en revue les tablettes du garde-manger jusqu'à ce qu'il déniche une boîte d'olives noires colossales.

« La super collation! » se réjouit-il pendant qu'il émince, tranche et râpe. Lorsque son assiette est remplie à ras bords, il la glisse dans le micro-ondes, règle la minuterie à trois minutes et recule un peu pour admirer son œuvre.

À 20 h 59, Luc est de retour devant le téléviseur, son assiette de croustilles sur les genoux. Lorsque le générique du film Jeunes samouraïs commence à défiler, il est le garçon le plus heureux du monde! « Cette soirée en solitaire va être parfaite », se dit-il. Mais, quelques secondes plus tard, il bondit sur ses pieds.

Les bruits – grattements et cognements – viennent du sous-sol. Luc s'avance avec précaution vers la porte et reste debout en haut de l'escalier, l'oreille tendue. Le bruit se fait de nouveau entendre.

Luc a le souffle coupé. Le souvenir des monstres gluants de Stéphanie refait instantanément surface.

« Je devrais peut-être appeler la police, pense-t-il. Mais si les policiers ne trouvent rien? Je vais me sentir ridicule et j'aurai droit à des gardiennes au moins jusqu'à 20 ans! Alors qu'est-ce que je fais? Est-ce que je reste planté ici à trembler de peur ou est-ce que je descends pour voir d'où vient le bruit?

Luc prend sa décision :

— D'accord! lance-t-il d'une voix forte. Je descends!

Il allume la lumière et descend d'un pas lourd l'escalier de bois branlant. Dans la lueur glauque de l'unique ampoule nue, les coffres et les caisses empilés jettent des ombres sinistres sur les murs de béton humides. Mais Luc ne voit rien d'autre que des ombres.

Soudain, son cœur s'arrête. Le grattement a repris. Il vient de la fenêtre. Terrorisé, Luc se retourne lentement vers le bruit.

Retenant son souffle, il s'approche de la fenêtre et scrute l'obscurité. Lorsqu'il aperçoit la branche, elle ne touche pas la fenêtre. Mais, soudain balayée par le vent, elle vient gratter le carreau avant de se balancer d'un côté et de l'autre.

Luc pousse un soupir de soulagement. C'était le lilas! Il remonte l'escalier quatre à quatre en se sentant un peu idiot. Mais il manque de sauter au plafond lorsque la sonnerie du téléphone retentit juste à côté de lui dans l'entrée.

Il saisit le récepteur au deuxième coup.

— Allô?

— (silence)

— Allô?

— (silence de nouveau)

— Il y a quelqu'un?

— (toujours rien)

Luc raccroche en haussant les épaules et retourne dans le séjour. Mais il n'a pas aussitôt commencé à déguster ses croustilles que la sonnerie se fait de nouveau entendre.

Il se lève d'un bond, heurtant au passage une cannette de boisson gazeuse à moitié pleine qu'il avait posée sur la table près de lui. D'une main, il saisit la cannette et la redresse. De l'autre, il presse une pile de serviettes de papier sur le liquide répandu. Ensuite, il fonce vers l'entrée en hurlant :

— J'arrive! J'arrive!

Il décroche au sixième coup.

— Allô?

— (silence)

— Qui est-ce? crie-t-il.

— (silence de nouveau)

— Hé! ce n'est pas drôle! hurle-t-il, la voix tremblante.

— (toujours rien)

— Arrête, imbécile! crie-t-il directement dans le récepteur, qu'il replace d'un geste brusque.

L'une des histoires d'horreur de Stéphanie lui revient alors à la mémoire : celle de la gardienne qui ne cesse de recevoir des appels téléphoniques. Quand elle répond, une voix grave et effrayante dit seulement : « Je viens te chercher. » Terrorisée, elle appelle la police. Lorsqu'ils retracent l'appel, les policiers découvrent que celui-ci provient d'une autre ligne de la maison. L'interlocuteur à l'autre bout du fil était à l'étage depuis le début.

Luc lève les yeux vers l'étage, puis fait non de la tête.

— Merci beaucoup, Stéphanie, marmonne-t-il. Même loin d'ici, tu réussis à me ficher la trouille.

« De toute manière, il n'y a pas d'autre ligne à l'étage, se dit-il. Arrête de faire l'idiot. Ce n'est probablement qu'un de tes soi-disant copains. »

Et voilà, il se sent mieux maintenant. Ces appels s'expliquent, à présent.

Laurent lui a téléphoné au début de l'après-midi pour l'inviter à voir un film en soirée avec Christophe et Bruno. Il a eu envie d'accepter, mais a préféré opter pour une première soirée tout seul à la maison. Et puis, il n'aime pas tellement Christophe.

Il a donc dit à Laurent qu'il n'irait pas chez lui parce que ses parents avaient une sortie et qu'ils ne pourraient pas l'amener en voiture.

De toute évidence, il a commis une grave erreur en fournissant ces précisions à Laurent. Celui-ci a dû raconter à Christophe et à Bruno la raison pour laquelle il ne se joignait pas à eux.

Il imagine la scène à l'autre bout du fil. Christophe compose et les deux autres essaient de retenir leurs rires pendant qu'il crie : « Qui est-ce? » Comme Luc a lui-même déjà risqué quelques appels de ce genre, il sait que la blague est amusante. Mais pas pour celui qui reçoit le coup de fil. Il l'apprend ce soir à ses dépens.

Bon. À présent qu'il sait d'où proviennent les appels, le

voilà rassuré. Il prépare même une petite vengeance. Il ouvre le tiroir fourre-tout de la cuisine, dans lequel il retrouve le vieux sifflet de sauveteur de sa sœur. Puis il s'assoit près du téléphone et attend, prêt à riposter par le bruit strident du sifflet.

Luc attend un long moment, mais rien ne se produit. Il retourne finalement dans le séjour, histoire de terminer son plat de croustilles. Il soulève l'assiette et reste figé, certain d'avoir de nouveau entendu le grattement. Cette fois, cependant, le bruit vient de la cuisine. Il se glisse en silence dans le couloir, à l'écoute du moindre son. Rien. Il reste immobile durant ce qui lui semble une éternité. Toujours rien.

« Tout ça, c'est ta faute, Stéphanie », se dit-il en entrant dans la cuisine pour réchauffer ses croustilles de maïs au micro-ondes. Au moment où il ressort l'assiette du four, il sursaute.

Le visage aux yeux rouges incandescents découvre ses longues dents pointues dans une horrible grimace et l'observe derrière la fenêtre. Puis, aussi vite qu'il est apparu, le visage disparaît.

Rien de ce que Stéphanie a pu inventer n'a préparé Luc à une chose pareille. Il ouvre la bouche, pousse un cri et lâche presque l'assiette. Pendant qu'il essaie de la rattraper, ses mains se couvrent de fromage fondu et de salsa chaude. Il laisse tomber l'assiette sur le comptoir et essuie frénétiquement les éclaboussures brûlantes qui ont giclé sur son jean.

Même s'il n'en a aucune envie, il sait qu'il doit jeter un nouveau coup d'œil à la fenêtre. Mais seul son propre visage à l'air terrorisé se reflète sur le verre sombre.

« Ça va, ça va, on se calme, se dit-il. Il n'y avait probablement rien à la fenêtre. Je n'ai sans doute vu que mon propre reflet. Pourtant, je ne suis pas si affreux! Et personne n'est si affreux, à moins de porter un masque vraiment laid!

« Un masque? La voilà, l'explication! pense Luc. C'était un masque et je parie que je sais qui se trouvait derrière! Je comprends, maintenant, pourquoi les gars n'ont pas rappelé. Ils étaient en route pour venir me faire une nouvelle frousse!

« C'est sûrement encore une plaisanterie minable de Christophe, se dit-il. Et il va adorer raconter à toute l'école que j'ai failli perdre connaissance en apercevant le masque. Je suis cuit! »

Soudain, les grattements reprennent. Cette fois, ils proviennent du séjour.

Luc sort de la cuisine sur la pointe des pieds et traverse le couloir. Il entend de nouveau le bruit. Tap, tap, tap. Étendant le bras dans l'ouverture de la porte, il éteint la lumière du séjour. La télé projette dans la pièce des lueurs inquiétantes, mais Luc n'a plus peur. Il sait qui est à la fenêtre et il lui réserve une surprise.

Nouveaux grattements, nouveaux cognements : les bruits se poursuivent et s'amplifient. Le personnage masqué semble chercher à entrer. À pas de loup, Luc passe devant le canapé et derrière la table basse. Puis, avec mille précautions, il s'approche des rideaux qui couvrent la grande fenêtre double.

Les bruits viennent de la fenêtre de droite. Lentement, Luc glisse la main entre les rideaux et dégage le verrou en silence. Puis il retire la main délicatement et se colle le dos au mur. Il entrouvre légèrement les rideaux et attend en retenant son souffle.

Dehors, il fait nuit noire. Luc distingue à peine l'ombre qui approche furtivement de la fenêtre, mais il la voit bouger. Il guette. La fenêtre s'ouvre un peu, puis la silhouette sombre avance les bras et commence à soulever le châssis.

C'est alors que Luc intervient. Tirant les rideaux d'un coup sec, il referme violemment la fenêtre. Il entend un hurlement terrible, suivi d'un gémissement étranglé.

Horrifié, Luc recule d'un pas et laisse retomber les rideaux. « Oh non! se dit-il. Qu'est-ce que j'ai fait? Je lui ai peut-être cassé la main? »

Effrayé et sous le choc, il recule, attendant que Christophe, Bruno et Laurent se mettent à l'insulter. Mais il n'entend que des gémissements et des grattements sourds.

Le téléphone sonne. Luc se précipite pour répondre, espérant que ce sera son père ou sa mère. Sa main tremble lorsqu'il soulève le récepteur.

— Allô? parvient-il à articuler.

— Hé, Luc! Écoute, je suis désolé pour les coups de fil de tout à l'heure.

— Laurent? C'est toi?

— Ouais. Tu sais, c'était l'idée de Christophe.

— Laurent, où es-tu, maintenant?

— Chez moi! Où veux-tu que je sois?

— Mais Christophe et Bruno? Ils sont partis, non?

— Mais non, ils sont au sous-sol. Je suis monté prendre d'autres croustilles et j'ai pensé te téléphoner pour te dire que c'était nous, au cas où tu ne l'aurais pas déjà deviné. Écoute, il faut que j'y aille. Je t'appelle demain.

— Attends Laurent! Ne raccroche pas! chuchote Luc d'une voix rauque.

Trop tard. Il n'entend que la tonalité.

Lentement, Luc replace le récepteur. Puis il se retourne et écarquille les yeux vers les ombres du séjour. Les jambes aussi molles que du coton, il s'effondre contre le poteau au bas de l'escalier.

« Calme-toi! » se dit-il. Mais son corps ne l'écoute pas. Les battements effrénés de son cœur se répercutent jusque dans ses tempes. « Arrête! Arrête! ordonne-t-il. Calme-toi et téléphone à tes parents. »

Luc s'apprête à reprendre le récepteur, mais reste figé. Le numéro est collé sur le frigo et la fenêtre du séjour est toujours déverrouillée. Celui qui se trouvait dehors peut très bien être entré pendant que Luc était à la cuisine. Cette pensée lui donne la chair de poule.

Au bord de la panique, Luc pose le récepteur et jette un œil autour de lui pour trouver une arme. Son bâton de baseball est appuyé au mur. Il le saisit des deux mains, s'avance dans le séjour et se précipite vers la fenêtre. Rassemblant ses dernières réserves de courage, il ouvre les rideaux d'un geste et bondit en arrière, prêt à frapper.

Mais il ne voit rien. Vite, il replace le verrou d'un geste brusque. Soulagé, il s'empresse de tirer les rideaux... mais pose la main sur une substance humide et gluante.

Luc recule, dégoûté. Il laisse tomber son bâton et revient en titubant vers l'entrée. Il lève la main. Un liquide vert et visqueux lui coule le long du bras.

Les jambes en guimauve, il s'effondre comme une masse sur le plancher.

C'est là que ses parents le trouvent une dizaine de minutes plus tard, s'essuyant toujours la main sur son jean en marmonnant : « C'est ta faute, Stéphanie. Ta faute. Pas juste. »

SOUS LE CHARME

Lorsqu'une vieille voiture tirant une roulotte délabrée couleur argent gravit cahin-caha la longue montée qui conduit chez les Dubois, en cette belle journée de la mi-octobre, la nouvelle se répand aussitôt comme une traînée de poudre. La maison décrépite est vide depuis si longtemps qu'elle serait même hantée, à ce qu'on dit. Alors le village entier a bien hâte de voir qui pourrait vouloir s'installer dans cette cabane... et pourquoi!

Kevin Fortin et Mario Spinelli décident d'être les premiers à le découvrir. Discrètement, les deux garçons montent le chemin crevassé. Accroupis derrière les broussailles échevelées qui menacent d'envahir une cour déjà ensevelie sous les mauvaises herbes, ils se faufilent jusqu'à l'arrière de la maison et se cachent derrière une remise branlante.

De leur poste d'observation, ils voient clairement la roulotte et le balcon déglingué qui s'accroche au mur du mieux qu'il peut. Sans être vus, ils épient à leur aise les allées et venues de trois personnes – un homme, une femme et une fille – qui transportent caisses, sacs et valises dans la maison.

— Alors ils s'installent vraiment ici, chuchote Kevin. Quelle idée!

— Ouais, cet endroit me donne une chair de poule terrible, murmure Mario. Et eux aussi, finalement, ajoute-t-il.

Kevin regarde les étrangers. Debout sur le balcon, ils lèvent les yeux vers le ciel d'automne aux lueurs roses et mauves qui s'obscurcit peu à peu derrière la colline. Le visage de la fille semble d'une pâleur effrayante à cette heure où la lumière décline. Elle porte une longue jupe noire parsemée d'étoiles jaunes. La femme est vêtue d'un poncho coloré et l'homme, sous son chapeau noir à larges bords relevés, a les cheveux qui lui tombent aux épaules.

Mario a raison, ils ont l'air un peu étranges.

— Eh bien, ils sont... différents, admet Kevin sans trop s'engager.

— L'homme a les cheveux longs. Mon père dit que c'est le meilleur indice pour reconnaître les bizarroïdes de loin. Et regarde la jupe de la fille. Ils doivent être des parents de Harry Potter!

Mario rigole de sa propre blague.

— Eh, papa! regarde! s'écrie la fille.

— Un peu tard dans la saison pour qu'il se trouve dehors, celui-là, dit l'homme.

La fille ramasse un truc semblable à un bout de corde qui se tortille.

— Il doit avoir trouvé un coin chaud, ici, sous les marches, ajoute l'homme.

— Tu as vu ça? siffle Mario en poussant Kevin du coude. Ils aiment les serpents. C'est certain qu'ils vont...

Il s'arrête au milieu de sa phrase, interrompu par un froissement dans les buissons derrière eux. Étonnés, les deux garçons se retournent. En apercevant la forme noire et blanche, Mario s'enfuit.

Pendant que son ami traverse bruyamment le sous-bois au pas de course, Kevin entend l'homme demander :

— Il y a quelqu'un?

Kevin hésite suffisamment pour apercevoir la queue de la mouffette se dresser comme un drapeau, puis il se précipite derrière Mario.

Il le rejoint au bas de la côte.

— On l'a échappé belle, dit Mario à bout de souffle. Un peu plus et elle nous avait!

— Ouais. Mais elle n'aurait rien fait si tu n'avais pas bougé, proteste Kevin.

— C'est ce que tu penses! répond Mario d'une voix rageuse.

« Certainement, c'est ce que je pense! » se dit Kevin. Mais il sait bien que rien ne sert d'argumenter avec Mario. C'est un très bon copain, pourvu que les choses fonctionnent à sa façon. Craignant d'avoir déjà franchi la limite de sa tolérance, Kevin le suit sans ajouter un mot.

Lorsqu'ils atteignent la Grange du burger, ils sont tous les deux hors d'haleine, mais Mario ne s'arrête pas pour autant et poursuit sa course effrénée.

En poussant les portes du restaurant, il suffoque de manière théâtrale, se frappant la poitrine comme s'il venait d'échapper aux griffes d'un loup affamé.

— Qu'est-ce qui t'arrive? demande Louison Lapointe.

Il n'en faut pas plus à Mario. Pendant que les autres jeunes forment un cercle autour de lui, il se lance dans son récit. Les étrangers sur le balcon deviennent des charmeurs de serpents, des jeteurs de sorts, des suceurs de sang, des maniaques hurlants qui viennent de pourchasser les deux garçons jusqu'au pied de la colline.

Kevin trouve l'histoire très divertissante, mais il objecte faiblement lorsque Mario raconte que la fille a essayé de manger la tête du serpent. Personne ne lui prête attention. Et quand il essaie d'interrompre Mario une nouvelle fois, ce dernier lui jette un regard noir pour lui faire comprendre qu'il a intérêt à se taire.

— Nous avons eu de la chance de nous en sortir, conclut

Mario, le visage rouge.

Il a vraiment su tirer parti de chaque cri d'horreur de son public.

Au cours de la fin de semaine, le bouche à oreille fait son œuvre : l'histoire de Mario se répète partout et de nouvelles rumeurs s'y ajoutent chaque fois. Quand arrive le lundi matin, le décor est planté.

Lorsque la fille et sa mère franchissent l'entrée de la cour d'école, les doigts pointés et les chuchotements se déclenchent aussitôt.

Mario ne perd pas de temps. Il s'écarte du groupe rassemblé autour de lui et s'avance vers les étrangères d'un air fanfaron :

— Qu'est-ce que tu as dans ton sac? Des têtes de serpent?

La fille paraît étonnée. Elle dévisage Mario, puis baisse les yeux vers son sac, un fourre-tout vert sur lequel est cousu un arc-en-ciel.

— Des livres et des stylos, répond-elle tranquillement.

Elle sort de son sac un bloc-notes en forme d'oreille de chien.

— Et mon dîner, ajoute-t-elle en tapotant une bosse sur le sac.

Puis elle sourit et continue de marcher avec sa mère jusqu'à l'école.

En les regardant monter l'escalier, Kevin se sent un peu coupable. Mais cette fois encore, il se dissimule derrière son silence. « Pourquoi est-ce que je laisse Mario m'embarquer dans des histoires pareilles? se demande-t-il. Parce que Mario impose sa loi. Il décide, un point c'est tout. »

Plus tard dans la matinée, le directeur conduit Elvire Caron jusqu'à la salle de classe. Lorsqu'il l'invite à se présenter aux autres élèves, un silence de plomb s'installe.

Elvire commence à expliquer nerveusement que sa famille vient du Nouveau Mexique, qu'elle adore la lecture et les animaux, et que l'un des héritiers Dubois a engagé ses parents afin qu'ils réparent et restaurent la vieille demeure durant l'année qui vient. Ses yeux s'illuminent lorsqu'elle décrit l'allure qu'aura la maison, une fois la rénovation terminée.

Pendant qu'Elvire fait sa présentation, certains élèves se mettent à jeter des regards sceptiques en direction de Mario. Lorsque la jeune fille cesse de parler, il a perdu quelques partisans. La description de Mario ne concorde tout simplement pas avec la personne qu'ils voient devant eux.

Mais Mario ne se laisse pas abattre. Au contraire : il fonce comme un taureau devant lequel on agite un drapeau rouge. Pas question pour lui de laisser la vérité gâcher une bonne histoire.

— Elvire! Qui a déjà entendu un nom pareil? demande-t-il à voix basse, au moment où elle passe près de son pupitre.

Les ricanements qui suivent s'arrêtent brusquement quand Elvire se retourne, le regarde droit dans les yeux et dit simplement :

— Ma mère et mon père. Ça fait deux personnes. Et maintenant avec toi, ça fait trois!

Mario cligne des yeux et s'empresse de tourner la tête pour dissimuler le rouge qui lui monte instantanément au visage.

Mais pendant qu'Elvire continue de marcher, il reprend son aplomb. Déterminé à ne pas perdre la maîtrise de la situation, il se prend la tête et se jette bruyamment sur le sol en gémissant :

— Le mauvais œil! Elle m'a jeté un sort avec le mauvais œil!

Au cours des jours qui suivent, Mario multiplie les mensonges. Quand Elvire ramasse avec précaution une petite araignée dans la cafétéria et la dépose doucement sur le rebord de la fenêtre ouverte, il dit à qui veut l'entendre qu'il a vu une énorme araignée noire et poilue sortir du sac de la nouvelle.

— Elle les collectionne et s'en sert pour jeter des sorts,

déclare-t-il.

Un après-midi, quand Elvire vient au secours d'un mulot blessé dans le fossé, près de l'école, et l'emporte chez elle, Mario raconte à tous qu'elle s'en servira pour nourrir les chauves-souris.

— Quelles chauves-souris? Où ça? s'écrie Louison d'un air dégoûté.

— Celles qu'elle garde dans la remise, improvise Mario.

— Sans blague! s'étonne Jérôme Patry.

— Tu es fou, Mario, finit par laisser échapper Kevin.

Les yeux de Mario lancent des éclairs. Agrippant Kevin par le bras, il le tire vers lui.

— Qu'est-ce que tu cherches à faire, Kevin?

— Mario, tu sais que tu répands des idioties.

— Ah oui? Et pourquoi est-ce que tu en es aussi certain, Kevin?

— Tu te rappelles, Mario? J'étais là le premier jour. Je sais ce qui s'est vraiment passé.

— Et alors?

— Alors si tu n'arrêtes pas, je dirai la vérité à tout le monde. Nous avons couru parce que nous avons vu une mouffette et...

Kevin s'arrête net en se rendant compte tout à coup de ce qu'il est en train de faire. Il attend la contre-attaque de Mario, mais celle-ci ne vient pas.

Mario se contente d'écarquiller les yeux :

— C'est incroyable! Elle a berné tout le monde... même toi!

Il tourne les talons et s'éloigne en coup de vent.

— C'est moi qui ai raison. Tu verras! crie-t-il par-dessus son épaule.

Kevin est décontenancé. Mario aime bien se faire valoir, parfois – la plupart du temps, en fait – mais il n'est pas stupide. Pourtant, il agit de façon parfaitement ridicule avec Elvire. C'est de lui que les autres commencent à se moquer, pas d'elle!

« Aucun doute, songe Kevin. Elle embête Mario au plus haut point. Mais peut-être qu'elle produit un effet sur moi aussi. C'est à son sujet que j'ai finalement tenu tête à Mario, au fond. »

Kevin fronce les sourcils. Elvire aurait-elle quelque chose de différent... quelque chose d'étrange? Il secoue la tête et chasse cette idée.

Mais le lendemain, mauvais sorts, revenants et lutins occupent les pensées de tout le monde, Kevin compris. C'est l'Halloween et, partout dans la petite ville, la folie règne. Pour essayer d'arranger les choses avec Mario, Kevin lui téléphone pour savoir s'ils feront la tournée ensemble comme chaque année. Mario rejette carrément la suggestion en affirmant qu'il a mieux à faire ce soir-là.

Kevin se méfie de ce qu'il vient d'entendre. Mario serait-il en train de manigancer quelque chose? L'Halloween est la couverture parfaite pour quiconque cherche les ennuis. Et si Mario prépare un mauvais tour, il a probablement Elvire pour cible.

Kevin n'hésite pas un instant. À la brunante, lorsque les citrouilles commencent à s'allumer, il est déjà à son poste. Vêtu de son vieux costume de squelette qui brille dans le noir, il s'est enveloppé d'un drap bleu foncé afin que personne ne remarque sa présence. De sa cachette, du côté opposé de la rue, au pied de la montée des Dubois, il observe le feu follet solitaire qui scintille dans la citrouille, perchée sur la clôture. Kevin est sûr que personne n'osera accepter l'invitation du feu follet : qui chercherait à vérifier si la maison est vraiment hantée, en particulier le soir de l'Halloween?

Par contre, il voit Elvire descendre l'allée. Elle porte de nouveau la longue jupe noire couverte d'étoiles. Un masque de plumes dissimule son visage et un châle soyeux en forme de toile d'araignée lui couvre les épaules.

Kevin aperçoit également le loup-garou, jusque-là tapi dans les buissons, qui se glisse hors de sa cachette obscure et se met à la suivre. Mario porte ce costume de loup-garou pour la troisième année consécutive.

« J'avais vu juste, se dit Kevin, alors que les deux silhouettes passent devant lui. Mais qu'est-ce qu'il va faire? » Saisissant les bords de sa cape improvisée, Kevin leur emboîte le pas en conservant une distance suffisante pour éviter d'être repéré.

L'étrange et silencieux trio défile à la queue leu leu le long des rues à peine éclairées. Le sac d'Elvire s'alourdit à chaque arrêt, mais celui de Mario et celui de Kevin restent vides. Aucun d'eux ne veut perdre la trace de sa proie.

Juste avant qu'Elvire débouche sur la rue Principale, Mario passe à l'action. Il allonge le pas et rattrape Elvire dans la pénombre, derrière la Grange du burger. Grondant et grognant, il court derrière elle et lui arrache son sac, puis disparaît au coin de la rue.

Kevin se trouve trop loin pour pouvoir faire quoi que ce soit. Il essaie de les rattraper, mais s'emberlificote les jambes dans le drap. Lorsqu'il rejoint enfin Elvire, elle reste là, passant les doigts dans les franges de son châle vaporeux.

— C'est moi, Kevin! annonce-t-il. Est-ce que ça va?

— Oui, ça va.

— Je vais te rapporter ton sac, promet-il, toujours coincé dans son costume. Tiens ça.

Il place son sac dans les mains d'Elvire, étonnée.

— Je reviens tout de suite! ajoute-t-il.

— Kevin, ce n'est pas nécessaire... commence Elvire.

Mais Kevin a déjà tourné au coin de la rue. Il entend Mario avant de le voir. Son cri étouffé retentit dans l'air du soir.

Debout près du banc qui fait face au bureau de poste, Mario

a retiré son masque. Le sac d'Elvire forme un amas froissé à
ses pieds. Le visage déformé par l'horreur, il se met subitement
à balayer son costume des deux mains.

Kevin se fige sur place, puis bondit en arrière. Sur et sous le banc grouillent une quantité de créatures toutes plus dégoûtantes les unes que les autres. Les serpents ondulent, les araignées se précipitent dans tous les sens, les bestioles fuient de toutes parts, certaines restent même accrochées à la fausse fourrure du costume de Mario. Sorties de l'ombre, des chauves-souris se mettent à tournoyer autour de sa tête. Il tente à la fois de les balayer et de les éviter, ce qui lui donne l'air d'exécuter une danse complètement farfelue.

Elvire se glisse devant le petit attroupement qui s'est formé pour observer la scène et se tient près de Kevin. Quand Mario l'aperçoit, il s'immobilise un instant.

— Éloignez-la d'ici! hurle-t-il comme un fou. C'est elle! C'est elle qui a fait ça!

— Qu'est-ce qu'elle a fait? demande Kevin. Elle t'a laissé lui voler son sac pour que tu puisses raconter ensuite qu'il contenait tous ces trucs?

— Comment sais-tu que j'ai volé...

Mario s'arrête.

— Mais attends! Ça veut dire que tu as vu. Tu as vu ce qui s'est passé. Tu sais ce qu'elle a fait.

— Je ne sais pas de quoi tu parles, réplique Kevin en s'éloignant.

Il remonte la rue quand, à mi-chemin, il sent quelqu'un le tirer par la manche. C'est Elvire. Elle a enlevé son masque, qui pend maintenant à son poignet au bout d'un mince élastique. Les plumes bougent et ressemblent à un étrange oiseau prêt à s'envoler.

— Tu as oublié ça, dit Elvire.

Elle lui remet le drap ainsi que le sac qu'il lui avait confié. Le sac est rempli. Kevin s'apprête à plonger la main à l'intérieur, mais arrête son geste. Mal à l'aise, il regarde Elvire en pensant à la mésaventure de Mario.

— Ne t'inquiète pas. Tout est bon, dit-elle en souriant comme si elle lisait dans ses pensées.

Kevin prend le sac. Il l'ouvre avec précaution et y glisse la main. Rien ne grimpe sur son bras, ni ne glisse entre ses doigts. En fait, le sac est rempli de formes bien connues.

Il sort deux coupelles de beurre d'arachide recouvertes de chocolat :

— Tu en veux une?

— D'accord, merci, dit-elle. Ce sont mes préférées.

— À moi aussi.

— Je sais, déclare tranquillement Elvire.

LE SAUVETAGE

Raymond Fortuna tient sa petite sœur Angelina par la main alors que tous deux remontent du lac. Ils ont observé un huard qui plongeait pour attraper du poisson et ont compté combien de temps il pouvait rester sous l'eau avant de revenir à la surface pour respirer.

— Ray-Ray, dit Angelina lorsqu'ils atteignent le vétuste chalet dissimulé sous les pins. Ça sent encore, ici.

Raymond inspire à l'intérieur tout en tenant la porte-moustiquaire ouverte.

— Oui, mais c'est tout de même mieux, maintenant, dit-il. Tu vois, papa avait raison. Le chalet avait seulement besoin d'un peu d'air frais.

« Comme nous », avait dit leur père pendant qu'ils déballaient leurs cartons, ce matin-là. « De l'air frais. Des quantités d'air frais. Ce sera tellement mieux qu'à l'appartement. Et ça ne coûte rien », avait chantonné M. Fortuna en soulevant Angelina et en la faisant tournoyer dans la pièce.

— Mais ça sent encore un peu, non? demande Angelina lorsqu'ils pénètrent dans la cuisine.

— Tu as raison. Mais ce n'est pas dégoûtant. Ce n'est qu'une petite odeur de renfermé. Pas la peine d'en reparler à papa, d'accord? Il est si content de nous offrir ces petites vacances dans un chalet.

— D'accord, dit Angelina. Mais est-ce qu'on peut faire les sandwiches au beurre d'arachide, à présent? Je voudrais apporter son goûter à papa dans ça, ajoute-t-elle en pointant du doigt un panier de fruits vert lime sur une étagère, tout à côté du réfrigérateur.

— Bonne idée, dit Raymond en posant sur la table un pain tranché et deux pots.

Au cours des dix minutes qui suivent, il aide Angelina à préparer quatre sandwiches archicollants : un pour chacun d'eux, et les deux plus garnis, dont la confiture déborde sur les côtés, pour leur père.

— Tiens, dit-il en lui tendant des essuie-tout. Nettoie tes mains avec le carré humide et place les autres au fond du panier avant de mettre les sandwiches de papa. Je vais apporter les nôtres et trois assiettes sur ce plateau. Et que dirais-tu de prendre des boîtes de jus, aussi?

— Alors, ce sera un vrai pique-nique. Allons-y!

Angelina se précipite dehors en trottinant. Le panier se balance à ses côtés.

— Papa, papa! Arrête de travailler, maintenant. Il faut faire un pique-nique sur cette table à pique-nique.

— D'accord, mon ange, dit M. Fortuna en déposant la scie circulaire qu'il vient de sortir du coffre de la voiture. C'est l'heure du pique-nique, alors.

Une fois leur repas terminé, Raymond et Angelina restent un moment à table pour regarder leur père aligner, mesurer et scier des planches de bois qui avaient été entreposées dans une petite remise à proximité de l'eau.

Raymond se rappelle les paroles de son père, une semaine auparavant :

— Hier soir, quand j'ai demandé à mon patron si je pouvais rester à la maison la semaine prochaine parce que votre mère devait se rendre à Montréal pour l'opération de grand-maman, il a eu cette idée géniale. Il m'a proposé de me payer ma semaine si j'acceptais de faire quelques réparations à un chalet qu'il possède au bord du lac des Pins. Il dit que nous pourrons y loger tous les trois et prendre de petites vacances en même temps. Ce serait bien, pas vrai? Il propose même de payer l'essence aller-retour. Alors j'ai accepté, Raymond. Mais il va falloir que tu surveilles Angelina pendant que je travaille. D'accord?

Et même si la perspective de garder sa sœur pendant une semaine ne le réjouissait pas particulièrement, Raymond avait répondu à son père que le projet lui convenait parfaitement.

Une semaine plus tard, le voilà assis en compagnie d'Angelina au bord d'un lac magnifique par une journée ensoleillée. Une douce brise leur caresse les joues et, jusqu'à présent du moins, tout va pour le mieux.

Plus tard au cours de l'après-midi, pendant qu'Angelina s'affaire à attraper des fourmis et à les mettre dans un pot, Raymond tient les montants latéraux en place pendant que son père retire des pièces branlantes de la rampe de la terrasse afin de les remplacer. Lorsque M. Fortuna n'a plus besoin de lui, il entre enfiler son maillot de bain et prendre son livre. Puis, il appelle Angelina afin qu'elle se change aussi et qu'ils soient prêts pour la baignade lorsque leur père aura terminé son travail.

— J'ai défait ton sac et placé tes vêtements dans les tiroirs, lui dit-il lorsqu'elle entre, mais j'ai laissé ton maillot sur le lit.

— D'accord, Ray-Ray. Je reviens tout de suite, dit-elle en ouvrant la porte de sa chambre.

Mais elle revient quelques minutes plus tard, toujours vêtue de son tee-shirt et de son short.

— Pourquoi est-ce que tu ne t'es pas changée? lui demande son frère.

— Parce que la dame aux cheveux jaunes me regardait.

— Quelle dame? Où ça?

— La dame à la fenêtre. Là-dedans.

Angelina pointe du doigt vers sa chambre.

Raymond entre dans la chambre et jette un coup d'œil tout autour.

— Il n'y a personne, ici. Viens voir.

Angelina entre et s'arrête près du lit.

— Tu as regardé à la fenêtre?

— Oui, il n'y a personne. N'aie pas peur. Tu as seulement imaginé des choses. Tiens, dit-il en lui tendant son maillot.

— D'accord. Mais je n'avais pas peur, j'étais juste intimidée. C'est tout. Est-ce que maman te manque? Elle me manque, à moi. J'espère qu'il y aura des hot-dogs, pour souper. Papa a dit que nous pourrions nous servir du barbecue.

Angelina ne cesse de babiller tout en enfilant son maillot, puis elle tend les bras vers Raymond.

— Tu veux me porter, Ray-Ray? Je ne suis pas bien lourde. J'ai juste quatre ans et toi, tu en as dix. C'est grand, dix ans. Et tu es fort.

Raymond se penche.

— Allez, monte sur mon dos, dit-il. Je vais faire le cheval. Mais tu ne m'étrangles pas, d'accord?

— Non, non, promis, dit Angelina en riant. On y va!

Le reste de l'après-midi passe à la vitesse de l'éclair. En attendant que leur père termine son travail, Raymond aide Angelina à bâtir des châteaux de sable. Il creuse des fossés profonds qu'elle s'évertue à remplir d'eau et lui apprend à construire des ponts sur ces fossés au moyen de brindilles et de feuilles. Lorsque leur père les rejoint finalement, il arrive sans crier gare, passe près d'eux au pas de course et saute à l'eau tout habillé.

— Hou! C'est un peu frisquet, dit-il en revenant sur la plage les vêtements dégoulinants et souriant de toutes ses dents comme un enfant. Mais j'ai eu tellement chaud et j'étais couvert de sciure de bois! Je me suis dit qu'il valait mieux sauter et laver mes vêtements du même coup.

En entendant ces explications, Angelina a un petit rire et Raymond lève les pouces en l'air.

Il y a longtemps que papa n'a pas eu l'air aussi heureux, se dit-il en courant vers le chalet chercher une serviette. La semaine ne se passera peut-être pas si mal, après tout.

Après avoir joué dans le lac et dégusté des hot-dogs sur le barbecue suivis de carrés au chocolat, Raymond sent la fatigue le gagner. Il n'est donc pas étonné de voir Angelina se frotter les yeux et bâiller sans arrêt. Et lorsque leur père finit par la convaincre que son téléphone ne fonctionne pas, elle cesse de répéter qu'elle veut parler à sa maman et consent à se mettre au lit sans faire d'histoires.

— Elle s'est endormie avant que je sois arrivé à la page quatre de La famille Taupe, chuchote M. Fortuna en entrant sur la pointe des pieds dans la cuisine. Et c'est tant mieux, parce que j'étais sur le point de m'endormir moi aussi. Est-ce que je peux vous laisser seuls quelques minutes, le temps de marcher jusqu'à la route principale? J'arriverai peut-être à obtenir un signal suffisant pour pouvoir téléphoner à ta mère?

— Bien sûr papa, dit Raymond.

— En mon absence, tu pourrais regarder dans le premier tiroir de cette vieille commode. Tu trouveras peut-être des dames. Je me disais que nous pourrions faire quelques parties ici, dit-il en montrant du doigt les carrés noirs et rouges peints sur la table de cuisine en bois.

Raymond trouve les vingt-quatre pions de dames et s'emploie à les disposer sur le jeu lorsqu'il entend des bruits, comme des mots étouffés, prononcés à voix très basse, provenant de la chambre d'Angelina. Il s'avance silencieusement dans le couloir, ouvre la porte et s'approche du lit sur la pointe des pieds. Dans la pénombre, il distingue la petite silhouette couchée sur le côté, le bras droit replié sur son ours en peluche Caramel. Elle respire doucement et dort profondément.

Je dois entendre des voix, pense Raymond en la regardant. À moins que tu ne parles dans ton sommeil.

Mais juste au moment où il s'apprête à quitter la pièce, il croit entendre un bruissement dehors à la fenêtre. Il s'approche et jette un coup d'œil. Rien d'anormal ne lui apparaît dans la nuit tombante. Et voilà que j'imagine des choses, en plus, se dit-il en sortant de la chambre.

Voulant éviter d'inquiéter son père, Raymond ne lui raconte pas ce qui s'est passé en son absence. D'ailleurs, il n'y a rien à raconter, en fait. Il se contente donc d'écouter M. Fortuna lui parler de l'appel qu'il est parvenu à faire à Montréal.

— Je perdais parfois un peu le signal, mais dans l'ensemble, ce n'était pas trop mal.

— Tant mieux. Et que disait maman?

— Elle disait que vous lui manquez beaucoup et qu'elle espère que toi et Angelina vous amusez bien ici. Et puis grand-maman va très bien. L'opération a parfaitement réussi, à tel point qu'elle pourra quitter l'hôpital dès demain. Et puisque tante Rosa revient jeudi de San Salvador, maman sera de retour pour la fin de semaine.

Son père s'installe alors à la table et déclare, sur le ton de la plaisanterie :

— Bon! Trêve de discussion, on passe à l'action! Es-tu prêt à faire face au champion du monde des dames?

Mais après trois parties à peine, il s'arrête.

— Fiston, je sais qu'il n'est pas très tard et que je devrais te donner une nouvelle chance de prendre ta revanche, mais j'ai du mal à garder les yeux ouverts. C'est sûrement les bienfaits du grand air, ajoute-t-il en se levant. Viens me faire un câlin avant que je me retire dans mes quartiers. Bonne nuit, Raymond. Mais toi, tu peux rester à lire, si tu veux.

Raymond se plonge dans sa lecture pendant une vingtaine de minutes, puis décide d'aller se coucher à son tour. Déjà à moitié endormi, il se glisse sous le drap en décidant de garder ses vêtements plutôt que d'enfiler son pyjama. À peine a-t-il éteint la lampe sur la table de chevet que le voilà tombé dans les bras de Morphée.

Le lendemain, les gazouillis des oiseaux le tirent du sommeil. Il n'en a jamais entendu autant à l'appartement! Ouvrant les yeux pour voir si le soleil est levé, il aperçoit Angelina couchée près de lui. Bien réveillée, elle l'observe.

— Mais qu'est-ce que tu fais là? chuchote-t-il. Je ne pense pas qu'il soit encore l'heure de se lever.

— Je suis là depuis longtemps, Ray-Ray, murmure-t-elle à son tour. Je suis venue pendant la nuit te dire que la dame était encore à la fenêtre et qu'elle m'avait fait un peu peur parce qu'elle voulait me parler. Mais tu étais si endormi que tu ne t'es pas réveillé quand je t'ai poussé l'épaule et je ne voulais pas réveiller papa. Alors je suis restée ici et j'ai dormi avec toi. Ce n'est pas grave, hein?

— Ce n'est pas grave du tout, répond doucement Raymond. Mais je pense que tu as seulement fait un mauvais rêve.

— Mais elle a dit que je lui manquais. Est-ce que les gens peuvent nous parler, comme ça, dans les rêves?

— Dans mes rêves, il arrive que les gens me parlent. Tu n'as pas à t'inquiéter. Tiens, j'ai une idée. Nous allons prendre cette couverture et nous allons nous installer sur le fauteuil balançoire, dans la véranda. De là, nous pourrons peut-être voir quelques-uns de ces oiseaux tapageurs. Suis-moi et ne fais pas de bruit.

— Ah, c'est vous les moineaux lève-tôt que j'entendais gazouiller, dit M. Fortuna lorsqu'il les trouve blottis sur la balançoire. Vous avez bien dormi?

— Oui, répond Raymond en regardant sa sœur qui hoche la tête.

— Eh bien, venez manger, à présent. Au menu ce matin : rôties à la cannelle et compote de pommes. Et si ça ne suffit pas, il y a des céréales granolas croquantes.

Après le petit déjeuner, M. Fortuna entreprend de fabriquer de nouveaux cadres pour certaines fenêtres. Raymond et Angelina se remettent quant à eux à la construction du « plus beau village de châteaux de sable au monde », selon les prévisions d'Angelina. Ils ne remarquent pas l'arrivée du visiteur qui tire son canot sur la plage et leur lance un bonjour sonore.

— Enchanté, dit-il, lorsque M. Fortuna descend vers lui pour se présenter.

Il se présente à son tour :

— Charles Corriveau. J'ai un chalet de l'autre côté du lac, là où vous voyez la clairière entourée d'arbres. Lorsque j'ai vu de la lumière, hier soir, je me suis dit que je pagayerais jusqu'ici ce matin. Je connais Ross Bernier, le propriétaire, et j'ai pensé qu'il valait mieux venir voir qui était chez lui. Il n'y avait plus personne depuis longtemps. Depuis l'accident, en fait...

Puis il s'arrête.

M. Fortuna rompt le silence. Nous ne sommes ici que pour une semaine. Ross Bernier est mon patron et il m'a demandé de rafraîchir un peu l'endroit. Mais il n'a fait mention d'aucun accident. De quoi s'agit-il?

— Eh bien, il préfère sans doute ne pas en parler pour pouvoir louer le chalet plus facilement. La famille Beaulieu le louait tous les étés. Mais il y a trois ans, Carole, la mère, s'est noyée. C'était horrible. Fred, Carole et leur petite fille, Émilie, formaient une famille très unie. Carole adorait Émilie. Elle veillait sans cesse sur elle comme une vraie mère poule. Fred et Émilie ne sont jamais revenus, ajoute-t-il en secouant lentement la tête, et personne n'a habité ici depuis.

Angelina est retournée à ses constructions de sable, mais Raymond a écouté attentivement le récit de M. Corriveau. Il s'immisce dans la conversation.

— Excusez-moi, mais vous connaissiez bien ces gens, n'est-ce pas monsieur?

M. Corriveau fait un signe de tête affirmatif.

— Eh bien, je me demandais si la dame qui s'est noyée avait les cheveux noirs.

— Non, elle était blonde.

— Pourquoi veux-tu savoir ça, fiston? interroge M. Fortuna, l'air perplexe.

— Pour rien. Je me posais seulement la question, s'empresse de répondre Raymond avant de revenir auprès d'Angelina.

M. Corriveau repart peu après en canot et leur père reprend son travail.

Quelques minutes plus tard, Angelina bondit sur ses pieds et se met à courir vers le chalet.

— Je vais aux toilettes, crie-t-elle. Je reviens tout de suite.

Mais comme elle ne revient pas, Raymond se lève finalement pour aller voir ce qu'elle fabrique. En ouvrant la porte, il l'entend dire :

— Pas maintenant. Je ne peux pas. Allez-vous-en.

Inquiet, Raymond entre et trouve sa sœur debout devant l'évier de la cuisine.

— À qui parlais-tu? interroge-t-il.

— À la dame, mais elle est encore partie. Ne te fâche pas,

Ray-Ray. Je lui ai dit de s'en aller.

— Je ne suis pas fâché, Angelina. Viens, je vais te donner quelque chose à boire. Et prends aussi cette pomme. Allons manger nos pommes dehors, hein?

— D'accord. On y va!

Raymond suit Angelina hors du chalet et s'assoit près d'elle à la table de pique-nique en se demandant ce qu'il doit faire. Devrait-il parler à son père de cette mystérieuse dame? Mais elle n'existe sûrement pas, puisque si c'était le cas, il l'aurait vue et entendue lui aussi. Que doit-il dire, alors? Qu'il commence à s'inquiéter parce qu'Angelina imagine trop de choses bizarres? C'est un peu nul. Et si son imagination commençait à lui jouer des tours, à lui aussi? Pourquoi aurait-il posé cette question sur la couleur des cheveux de la noyée, autrement? Non, ça suffit, maintenant, se dit-il. Tu dois chasser ces pensées folles, surveiller ta sœur de près et tout ira bien.

Et tout va en effet parfaitement bien jusqu'à la fin de la journée. Mais lorsque M. Fortuna retourne téléphoner à sa femme après avoir mis Angelina au lit, Raymond a de nouveau l'impression d'entendre des voix provenant de la chambre de sa sœur. Comme la veille, il s'approche pour s'assurer qu'elle va bien et la trouve paisiblement endormie. La pièce est plongée dans le silence. Mais cette fois, même s'il fait toujours chaud dehors, il sent une brise si fraîche lorsqu'il s'approche de la fenêtre qu'un frisson lui parcourt l'échine.

De retour à la cuisine, Raymond décide qu'il lui faut un plan pour surveiller Angelina durant la nuit sans avoir à en parler à son père. Plus tard dans la soirée, une fois M. Fortuna endormi, il met son plan à exécution. Muni de son livre, d'un oreiller et du drap tiré de son lit, il entre en catimini dans la chambre d'Angelina. Il pose l'oreiller par terre à côté du lit près de la veilleuse et se laisse glisser le long du mur pour s'y asseoir.

Puis, les épaules couvertes du drap, il ouvre son livre et se plonge dans la lecture à la lueur de la petite lampe.

Il prévoit faire le guet toute la nuit auprès d'Angelina, mais son plan échoue.

À son réveil, quelques heures plus tard, il se retrouve affalé sur le plancher, la tête reposant à moitié sur l'oreiller et le drap enroulé autour de ses jambes. Le cœur battant, il se met à genoux et regarde dans le lit d'Angelina. Il est vide. Calme-toi, se dit-il. Elle est peut-être seulement à la salle de bains et c'est ce qui t'a réveillé.

Il se rend sur la pointe des pieds jusqu'à la salle de bains, mais Angelina n'y est pas. Son cœur bat maintenant à tout rompre. Avant d'aller réveiller son père, il décide d'aller jeter un coup d'œil à la balançoire de la véranda. Rien. Mais juste au moment où il s'apprête à se diriger vers la chambre de M. Fortuna, il regarde en direction de la plage et l'aperçoit dans la pâle lumière de l'aube, petite silhouette au bras droit levé

semblant tenir la main de quelqu'un. Elle entre dans l'eau.

— Angelina, non! Reviens! crie-t-il en poussant la porte à toute volée. Reviens!

Lorsqu'il atteint la plage, l'eau arrive presque jusqu'au cou de sa sœur.

— Arrête, arrête! supplie-t-il en s'efforçant de la rejoindre.

Elle s'arrête soudain. Comme si elle se trouvait en transes, elle le regarde et lui dit :

— Elle a besoin de moi, Ray-Ray. Je lui manque.

Raymond parvient enfin jusqu'à sa sœur.

— Nous avons encore plus besoin de toi ici, sanglote-t-il en saisissant sa main gauche.

Mais quelque chose semble la tirer hors de sa portée.

— Lâchez-la! hurle-t-il en regardant au-dessus d'Angelina. Elle n'est pas à vous. Vous ne pouvez pas la garder!

Juste à ce moment, le père de Raymond passe près de lui en le bousculant un peu, saisit sa fille et la ramène jusqu'à la plage. Les bras bien serrés autour du cou de son père, Angelina regarde Raymond et lui demande :

— Tu l'as vue, toi aussi, Ray-Ray, hein?

— Non, je ne l'ai pas vue, mais je sais qu'elle était là.

— Qui? Mais de qui parlez-vous? Et voulez-vous bien me dire ce que vous faisiez là tous les deux? interroge M. Fortuna en fixant Raymond.

— Ne te fâche pas contre Ray-Ray, papa. Est-ce qu'on peut rentrer, maintenant? J'ai froid.

— Moi aussi, ajoute Raymond en frissonnant. Je vais essayer de t'expliquer en me séchant et tu trouveras peut-être un meilleur plan pour protéger Angelina. Sinon, il faudra sans doute rentrer à la maison.

— Je m'ennuie de maman, dit Angelina lorsqu'ils entrent dans le chalet. Est-ce qu'elle te manque à toi aussi, Ray-Ray?

Et puis j'aime les crêpes. Est-ce que nous pourrions en manger pour le déjeuner?

En écoutant babiller sa petite sœur, Raymond s'étonne de constater qu'elle semble avoir oublié ce qui vient de se passer. Il aimerait pouvoir en dire autant.

Même s'il n'a jamais vu la dame dont parlait Angelina, il sait que malgré les efforts qu'il fera pour l'oublier, le souvenir du sort qu'elle a tenté d'infliger à sa sœur le hantera des années durant.